满庭芳文萃

名人与嵩山

宫嵩涛 著

中国纺织出版社有限公司

内 容 提 要

嵩山位于河南省登封市，因其地处天地之中，故称中岳。嵩山自古就被视为圣山，古人认为这里是神仙居住的地方。据统计，历史上有73位帝王或亲至或遣使到嵩山祭祀、巡狩、封禅；同时数量众多的历史名人到嵩山游览讲学、隐居修身，留下了大量人文遗迹。这些人文胜迹，为嵩山增光添彩。为服务文旅，作者选择西汉武帝刘彻、女皇武则天、"诗仙"李白、"诗佛"王维、清高宗乾隆等16位历史名人，介绍其游嵩行迹，力求做到思想性、趣味性和知识性的统一。

图书在版编目（CIP）数据

名人与嵩山 / 宫嵩涛著. -- 北京：中国纺织出版社有限公司，2024.2

（满庭芳文萃）

ISBN 978-7-5229-0965-3

Ⅰ. ①名… Ⅱ. ①宫… Ⅲ. ①散文集—中国—当代 Ⅳ. ①I267

中国国家版本馆CIP数据核字（2023）第232480号

责任编辑：郝珊珊　　责任校对：王蕙莹　　责任印制：储志伟

中国纺织出版社有限公司出版发行

地址：北京市朝阳区百子湾东里 A407 号楼　邮政编码：100124

销售电话：010—67004422　传真：010—87155801

http://www.c-textilep.com

中国纺织出版社天猫旗舰店

官方微博 http://weibo.com/2119887771

北京虎彩文化传播有限公司印刷　各地新华书店经销

2024 年 2 月第 1 版第 1 次印刷

开本：880×1230　1 / 32　总印张：64.75

总字数：998 千字　总定价：600.00 元

目录

郑庄公、颍考叔与嵩山

郑庄公（前 757—前 701 年），姬姓，郑氏，名寤生，春秋郑国第三位国君。郑武公二十七年（前 744 年），郑武公病逝，14 岁的太子寤生继承君位，郑庄公四十三年（前 701 年）五月，郑庄公去世，享年 57 岁，谥号为"庄"，史称"郑庄公"。

颍考叔（？—前 712 年）是郑国郑庄公时期的大夫，曾负责管理颍谷邑（今河南登封市西南），故称颍考叔。为人正直无私，素有"孝友"之誉。郑庄公与其母武姜素来不睦，曾对其母发出"不及黄泉，无相见也"的誓言。颍考叔为缓和郑庄公和他母亲的矛盾，在颍谷邑黄城挖一地下隧道，取名"黄泉"，安排郑庄公与母亲在颍谷黄城的"黄泉"见面，这就是闻名后世的"掘地见母"典故。《左传》中对此事做出了"君子曰：颍考叔，纯孝也。爱其母，施及庄公"的评论。后人把颍考叔奉为至孝人物的典范。

两千七百多年后的今天，地处嵩山西麓的颍谷邑旧地，仍然保存有颍谷、黄城故城、阴司沟、颍考叔墓、颍考叔庙、颍源、颍水春耕等文化与自然景观。郑庄公、颍考叔的故事依然是人们津津乐道的主题，千年余响，并成为此地的文化地标。

郑庄公颍谷黄城"掘地见母"

郑庄公"掘地见母"的典故出自《左传·隐公·隐公元年》，是《左传》中的名篇。"掘地见母"发生的地点位于今河南省登封市君召乡黄城村的黄城故城内，这里属古颍谷邑旧地。

郑武公在申国娶了妻子，名叫武姜，生下郑庄公和共叔段两个儿子。庄公出生时脚先出来，母亲武姜受到惊吓，便给他取名叫"寤生"，很厌恶他。武姜很偏爱小儿子共叔段，想立其为世子，多次向武公请求，武公都不答应。寤生是长子，被立为太子，即位后便是郑庄公。

郑武公去世后，寤生接任国君。而他的弟弟共叔段恃宠而骄，多行不义，竟与母亲武姜内外勾结，密谋废掉庄公自立为君。庄公察觉后率军讨伐，共叔段兵败逃亡。

郑庄公对母亲非常怨恨，就把母亲安置在城颍（黄城），并且发誓说："不及黄泉（不到死后埋在地下），不再见面。"过了些时候，庄公又后悔了。颍考叔作为执掌颍谷邑的官员，听说庄公把自己的母亲安置在颍谷黄城后，就准备了贡品献给郑庄公。

庄公赐给他饭食，颖考叔在吃饭的时候，故意把肉留着不吃。庄公问他为什么这样，颖考叔答道："小人家中有母亲，我吃的东西她都尝过，只是从未尝过君王的肉羹，请让我带回去送给她吃。"庄公说："你有母亲可以孝敬，唉，唯独我没有！"颖考叔说："请问您这是什么意思？"庄公把原因告诉了他，还表露出后悔之意。颖考叔答道："您有什么可担心的呢？只要挖一地道，挖出泉水，在地道中相见，谁还会说您违背了誓言呢？"庄公依了他的话。庄公从黄城走进地道去见母亲武姜，赋诗道："大隧之中，其乐也融融。（大隧之中相见，多么和乐相得啊！）"武姜走出地道，赋诗道："大隧之外，其乐也泄泄（大隧之外相见，多么舒畅快乐啊！）"从此，母子和好如初。

君子说："颖考叔是位真正的孝子，他不仅孝顺自己的母亲，还把这种孝心推行到郑庄公身上。《诗经》说：'孝子不匮，永锡尔类。（孝子不断地推行孝道，永远能感化他的同类。）'这大概就是对颖考叔这类纯孝之人说的吧？"

现今，黄城故城内的西南角仍保留有一条土沟，南北向，长约100米，深2—4米、宽约15米，这就是郑庄公与母亲"阙地及泉，隧而相见"的地方。此地因年深日久，地道塌陷，故而成为一条土沟壑，当地俗称"阴司沟"和"黄泉路"。

黄城故城位于登封市君召乡黄城村东南，北有马鞍山，南临陈窑水库，东有王家沟，西有陈家河，三面环水，易守难攻。黄城故城大体略呈长方形，南北长约600米，东西宽约220米，占地面积约 15 万平方米。四周城墙不少尚残存地面之上。北城墙保存最好，墙基宽 10 余米，高约 10 米；东墙残高 4 米，底宽约 6 米；西墙基宽 6—7 米，高约 5—10 米；南墙高 5 米许。北墙东段有一宽约 7 米的缺口，似为城门。南墙东段有一城门，门宽 8 米，两侧墙宽 13 米。城墙为夯筑，夯层厚 6—9 厘米，夯窝呈尖底和圜底状，直径 3—4 厘米。夯层内还遗留有修筑城墙时夹板滚杆圆孔，孔径 10—15 厘米，孔距 30—50 厘米，有横向的和竖向的圆孔。这可能是筑城时置于墙体中用于牵拉的木杆，犹如现今筑楼中的钢筋。由于天长日久，木杆腐朽而成空洞。城墙夯土为红黄色黏土，土质纯净。

经考古调查得知，黄城应始建于春秋战国时期，汉代进行过补修，在北墙内侧发现有修补的夯土城墙，夯层厚 18—20 厘米，且土质较杂，质地灰白并有红黄黏土块。晚清时期，当地居民还加筑城墙，用以防御匪患。该城址保存尚好，时间与郑韩故城、登封阳城相近，但采用了墙体内拉杆的夯筑工艺，似乎有所进步。

黄城村位于黄城故城西北不远处，归君召乡管辖。《登封县地名志》记载：

> 据《左传》记载，郑庄公之母与其弟合谋篡位。庄公发誓，"不及黄泉，无相见也"。遂将其母安置在此，故称黄城。村傍黄城故城，故以"黄城"为村名。村呈矩形聚落，主产小麦、玉米、谷子、豆类和花生。矿藏有石英石。有公路通乡政府驻地。

颍谷邑与颍考叔

颍谷邑，春秋时期郑国西部的边邑，位于今河南省登封市西南。颍谷邑之名最早见于《左传·隐公·隐公元年》"颍考叔为颍谷封人"的记载。"封人"，古官名，春秋时为典守封疆之官。也就是说，在郑庄公二十二年（前722年），颍考叔是管理颍谷邑的官员。

郑国，周朝姬姓诸侯国，周宣王二十二年（前806年），周宣王之弟姬友被封国于首都镐京附近，国号为郑，都城棫林（今陕西省渭南市华州区）。公元前774年，姬友迁郑国于河南，建都于郑（今河南省新郑市），主要版图位于河南郑州一带。

记载颍谷邑的文献，有《史记·郑世家》《左传·郑伯克段于鄢》《登封县志》《说嵩》等，多为叙述颍考叔为郑庄公掘地见母的经过。

郑庄公三十二年（前712年）秋七月，颍考叔跟随郑庄公攻打许国，被公孙子都从背后暗箭射杀，葬于颍谷。旋即，设置有十余年的颍谷邑被废，其邑域划归负黍邑，负黍邑邑治在今登封市大金店镇南城子村西南，现在负黍城遗址犹存。

颍谷旧地秦汉时期归属颍阳县，三国两晋时期归属纶氏县，北魏至隋代，归属颍阳县。

唐代的县一级行政建置名称变换频繁。高祖武德四年（621年），颍谷归属嵩阳县。太宗贞观十七年（643年）废嵩阳县入阳城县。高宗永淳元年（682年）七月，拟封中岳嵩山，复置嵩阳县。永淳二年（683年）废嵩阳县。光宅元年（684年）复置嵩阳县。武则天载初元年（690年）把颍谷邑旧地划归武林县，治所在今登封颍阳。武周万岁登封元年（696年），武则天封禅嵩山，大功告成，为纪其祥瑞，改嵩阳县为登封县，改阳城县为告成县。中宗神龙元年（705年）改登封县为嵩阳县，改告成县为阳城县。次年，复改嵩阳县为登封县，改阳城县为告成县。玄宗开元十五年（727年）改武林县为颍阳县。

五代时期，颍谷邑旧地归属颍阳县。

北宋仁宗庆历三年（1043年）废颍阳县，并入登封县。庆历四年（1044年）复置颍阳县。神宗熙宁二年（1069年）废颍阳入登封。哲宗元祐二年（1087年）复置颍阳县。

据《金史·地理志》记载，金代建立后废颍阳县，并入登封县，历经元、明、清、民国至今，行政区划未再发生变化。

1994年5月30日，经国务院批准，撤销登封县，设立登封市。

1984年前后，为编纂《登封县地名志》，登封县地名办公室邀请有关嵩山文化学者，数次考察石道、君召、颍阳等乡镇保存的与颍谷邑有关的文物史迹，初步划定了颍谷邑的四至范围，并写入1985年成稿的《登封县地名志·历史地名》"颍谷邑"词条：

　　颍谷邑，在登封县西南部，古处周、郑封域交界，因邑域在颍谷之内，故名。西起君召乡报庄村，东至石道乡龙泉寺村，长3公里，宽0.5—0.8公里，面积2平方公里。南有

6

龙窝岭，海拔 517 米；北有水神头岭，海拔 605 米；谷底海拔 420 米，褐土性土壤，田地肥沃，雨水丰沛，适宜农业生产，为古人宜居之地。颍河右源发源于报庄村西，经此谷流入隐士沟水库，东流至石道村东南汇中源，颍水右源三支，所经之处，泛指颍谷，谷内有村庄，北岭上有颍墟，为颍考叔故居。

颍谷邑作为登封市的历史地名，千百年来，访古寻迹者不乏其人。明嘉靖年间，登封县城西门外的西南路旁，立有一通石碑，上书"颍考叔故里"5 个大字，昭示登封县是春秋时期名人颍考叔的家乡、颍谷邑旧地。

颍考叔墓

颍考叔墓位于登封市君召乡蔺沟村，地处古颍谷邑管辖区域。春秋郑庄公三十二年（前 712 年）七月，郑庄公以颍考叔为帅、公孙子都为副帅，出兵许国，许国将破之际，公孙子都争功心切，发暗箭从背后射死颍考叔，窃取了征许大捷的大功。颍考叔殒命后，郑庄公派人把颍考叔隆重安葬在颍谷地中，冢堆由土石混掺封筑而成，高高隆起，远望如同一座小山丘，供人祭拜、凭吊。

明神宗万历二十一年（1593 年），登封知县陈国章主持刻立的《登封县图碑》中标示的泽峪沟、颍考叔墓、颍考叔祠、颍考叔庙、颍源、颍水春耕等名胜古迹，都与颍考叔有关。

明万历四十年（1612 年），登封县令傅梅编纂成书的《嵩书》中说："颍谷即阳乾山之东谷，颍水所出，其侧有古人居处，俗名颍墟。故老云：'是颍考叔之故居。'郦道元《水经注》所谓颍谷也。"上述史料，说明两件事：一是"颍谷"地名，至迟在北魏已是官方通用地名，《水经注》就是例证；二是登封"颍谷"之地，"是颍考叔之故居"，颍考叔埋葬此地是叶落归根。

阳乾山，属嵩山山脉，呈东西走向，东连少室山，西接鞍坡山，海拔 1258.1 米，位于登封市君召乡北部，颍考叔墓坐落其东谷。古称大苦山，因居古阳城（今登封市告成镇）之乾位（西北方），汉代时就已被称为阳乾山，是颍河、狂河的分水岭。山有三峰，中峰端正方广，东西二峰尖削拱峙，因其三峰并列，俗称笔架山。若自伊川东望，西峰陡立，形如倚箔，古称倚箔山；自偃师南望，东峰似马鞍，故名马鞍山。

明傅梅《嵩书》卷三中记载："颍考叔墓在县西南柳东保""柳东保在胥店保西北八里许"。清乾隆五十二年（1787 年）陆继萼、洪亮吉修纂的《登封县志》"土地记三"中记载："王石里，隶王上寨、崔家楼、后河、送表、段家村、椿树庄、石道、海子、李家湾、栗家寨、翟峪沟。"颍考叔墓所在的蔺沟村，明代属柳东保管辖，清代归王石里管辖。

清景日眕《说嵩》卷七"少室南"中记载："泽余谷谓封人之泽所余也。谷内考叔墓在焉，杂土石为丘垒，如山下陵阜形，童童然也。幽谷栖神，倘其然欤。"卷十二"古迹·颍考叔墓"

中还记载："颍考叔墓在泽余谷内，前令刻碑表之。"景氏所说的这位前登封县令刻立的"颍考叔墓碑"，到清乾隆年间纂修的县志中已无记载，应该是墓碑刻立时间不长，已佚失无存。

翟峪沟，古时写作泽峪沟、泽余沟，即现在的蔺沟村，为古颍谷地。明末蔺姓迁此聚居，遂改为蔺沟村。何谓"泽余（峪）"？古人认为是颍考叔孝贤、忠勇的言行和精神传续至今，使这里的民风淳朴，勤劳善良、勇敢，故名；也有人认为是"颍谷"之中水草丰美，土地肥沃，适宜人们居住之意。后人据其字音误写为"翟峪"。

颍考叔墓呈椭圆形，南北长约 36 米，东西宽约 18 米，冢顶最高处约 6 米。墓上有柏树数株，风吹树动，飒飒作响。清朝初年，颍考叔墓顶干净整洁，墓冢周围有石垒围护，似有人管护。两百多年后，冢身长满了杂乱无序的柏树、杏树、山枣树、荆棘、荆条等，丛密繁茂。由于墓冢周围石垒无存，雨水又长时间冲刷墓顶、墓身，封墓土石垮塌下滑，使墓的四面形成斜坡，人畜可随意上下，一副破败景象。

墓前有一条宽约 1 米的行道直通南北，长约百米，应是墓前神道。2015 年冬天，笔者实地调查时，据当地一位蔺姓老人说："早年墓前百米处有殿房三间，多年以前已经坍塌，地表还有一些断砖碎瓦，后来建砖场烧砖取土，那些瓦片砖头也就不见了。"根据目前保存的神道遗迹和该村老人回忆，这座"殿房"建筑应该就是颍考叔墓的飨殿。飨殿，是古人礼祭颍考叔的场所，祭祀活动的主祭人在此依次完成上供、燃香、宣读祭文、礼拜等议程后，率领相关人员通过神道款步来到墓前，再行礼绕墓一周，至此整个祭祀礼仪才算圆满完成。飨，通"享"，所以也可以称为享殿。明嘉靖八年（1529年）本《登封县志》记载，明朝已将"纯孝颍考叔"作为"乡贤"年年祭祀。祭祀活动一直持续到清末。

1996年8月14日，颍考叔墓被登封市人民政府公布为登封市第二批文物保护单位。

2000年6月28日，登封市人民政府发布的《登封市人民政府关于公布郑州市级登封市级文物保护单位保护范围的通知》（登政〔2000〕35号）公布了颍考叔墓重点保护范围：东至贾振东西院墙，西至杨建生东院墙，南至河沟，北至秦保善、王春荣前墙。

2015年2—4月，蔺沟村筹资30000元，依照墓冢周围古代"石垒"痕迹，使用当地常见红砂石，用传统干摆石垒做法，恢复墓冢东、西、北三面石护墙，长180米，高0.8—1.6米。将塌滑至墓冢周围的沙土小石，又重新填充到石墙内部空隙中，再现古时旧貌。

2016年3月1日，登封市文物管理局在颍考叔墓前竖立"登封市文物保护单位"标志碑，碑阴为颍考叔墓简介和保护范围。

2017年8月，登封市文物管理局委托河南省文物建筑保护设计研究中心编制了《登封颍考叔墓本体修缮保护设计方案》。2019年5月，郑州市文物局、财政局下达登封颍考叔墓维修保护专项资金25万元。保护修缮工程于2020年4月23日开工，5月

30 日竣工，建设单位为登封市文物管理局，施工单位为洛阳文昌古建园林工程有限公司，监理单位是河南东方文物建筑监理有限公司。重新砌筑墓冢前石护墙，清除墓顶杂草，并进行绿化，用石块墁铺墓前、东侧、北侧路面，方便游人观览。

颍考叔庙

在古颍谷邑地域内，有三座为纪念颍考叔而修建的祠庙，这些祠庙是古代民间怀念、传承颍考叔良好品行、业绩的实物见证，地域色彩浓郁，是嵩山文化的重要组成部分。庙址分别位于颍阳镇颍阳街、石道乡颍源和君召乡黄城村。

颍阳镇颍阳街颍考叔庙：又名颍考叔祠，位于颍阳镇西寨门内（明代是西门外）路北。明正德七年至十一年（1512—1516 年）间，陕西咸宁举人李居仁任登封知县，为纪念"纯孝颍考叔"，建纯孝伯庙，规模不大。明嘉靖七年（1528 年），登封知县侯泰（上海嘉定举人）到颍考叔庙拜谒，见庙院规模"卑隘"，又见庙"右方崇法寺，殿宇高爽，无僧看守，遂改为伯祠，以永奉祀"。此时，庙院面积大增，有建筑 20 余座，成为嵩山有较大影响力的寺庙之一。

同时，侯泰遴选登封县著名乡贤 20 位，"纯孝颍考叔"是其中之一，并撰写发布"祭乡贤文"，每年仲春举行奉祀仪式，设供品，读祭文，仪式很隆重。祭祀颍考叔等 20 位乡贤的祭文曰：

> 诸先哲，道义持己，文章润身，或肥遁而范俗，或得时
> 而泽民，或孝亲而感主，或赴敌而捐躯，或疾邪不避权势，
> 或节省不徇己私，高风伟绩，启我后人。惟兹仲春，谨以牲
> 礼品仪，式陈明荐，尚飨。

明末、清代至民国时期，颍考叔庙屡有维修。20 世纪 50 年代末，还保存有"明清建筑数十间，石刻碑碣十件"。祠内有颍考叔祠石碣一方，明正德十四年（1519 年）冬十月刻立，高 39 厘米、宽 79 厘米、厚 10 厘米，草书字体，笔锋流畅，内容系一首诗书碑。

石道乡颍源颍考叔庙：位于石道乡石道村西颍源南岸，传说是出颍考叔住宅改为祠庙，亦称纯孝伯庙。唐代已有记载。元（后）至元五年春至六年冬（1339—1340 年），登封尹彭孝先与监县令瓦吉刺公、主簿曹琰重修颍考叔庙。明嘉靖八年（1529 年）本《登封县志》中，"登封县全图"将颍源颍考叔庙标名为"颍考叔祠堂"。明万历二十一年（1593 年），登封知县陈国章刻制的"登封县图碑"中，标注有"颍源"和"颍考叔祠"等文物名胜。清初《嵩山志》记载："纯孝伯庙，旧志曰在水神头（即颍河源头），以祀颍考叔，有元王益碑。"1975 年前后庙院被拆毁无存。20 世纪 90 年初，当地群众自发在原址用红机砖砌筑了一小间庙房；2005 年，信士在房内泥塑颍考叔等数尊彩像，供人祭拜。庙房门内原竖立的一方石碑，现在倒伏在门口，圆首无趺，高 155 厘米、宽 66 厘米、厚 21 厘米，字迹已漫漶不清；碑阴最上部镌刻"施工助费之家"6 字，

横向，楷书字体，其下刻写的捐资维修颍源颍考叔庙功德主人名。已磨泐不清。元代王益所书"重修颍考叔庙碑"，明清时期尚保存完好，现在已无迹可寻。

古时有很多名人曾到颍源颍考叔庙拜谒、揽胜，并留下许多诗作。

韦庄（约 836—约 910 年），字端己，长安杜陵（今陕西省西安市附近）人，晚唐诗人、词人，词风清丽，是唐代著名诗人韦应物的四代孙。乾宁元年（894 年），59 岁的韦庄考取进士，任校书郎。天复元年（901 年）入蜀，曾任前蜀宰相，终身仕蜀。韦庄约在广明元年至中和三年（880—883 年），居于洛阳，其间东行至中岳嵩山畅游，路过颍源，踏访颍考叔庙，题咏诗文以志此行。

题颍源庙

曾是巢由栖隐地，百川唯说颍源清。

微波乍向云根吐，去浪遥冲雪嶂横。

万木倚檐疏干直，群峰当户晚岚晴。

临川试问尧年事，犹被封人劝濯缨。

宋代著名文学家苏东坡于元丰七年（1084 年）来到嵩山，幸游颍源颍考叔庙和泽峪沟颍考叔墓，看到荒废已久的庙院和孤独伫立田野的墓冢，荒草萋萋，心生无限感慨，遂留诗一首：

颍大夫庙

人情难强回，天性可微感。

世人争曲直，苦语费摇撼。

大夫言何柔，暴主意自惨。

荒祠旁孤冢，古隧有残坎。

千年惟茅焦，世亦贵其胆。

不解此微言，脱衣徒勇敢。

王十朋（1112—1171年），字龟龄，号梅溪，浙江温州乐清人。南宋政治家、诗人，爱国名臣。绍兴二十七年（1157年）被宋高宗亲擢为进士第一，先授承事郎，兼建王府小学教授。曾数次建议整顿朝政，起用抗金将领。孝宗立，累官侍御史，力陈抗金恢复之计。历知饶、夔、湖、泉诸州，救灾除弊，有治绩，时人绘像而祠之。早年曾赴嵩山游学，寻访颍考叔胜迹，留有咏赞颍考叔的诗一首。

颍考叔

衣冠肉食谩纷纷，谁解杯羹感悟君。

颍谷封人虽贱士，却能纯孝至今闻。

元好问（1190—1257年），字裕之，号遗山，太原秀容（今山西省忻州市）人。金末元初著名文学家和历史学家，被尊为"北方文雄""一代文宗"。金宣宗贞祐二年至金哀宗正大元年（1214—1224年），他居住嵩岳近10年，数次访游颍考叔庙，《颍谷封人庙》五言诗是其众多咏嵩诗作中的一篇。

颍谷封人庙

泄泄颍谷云，溅溅颍川水。

封君去我久，水云自清美。

人言君善谏，微意得郑子。

特于悔悟时，一语发天理。

大孝动天地，土苴及顽鄙。

反身而未诚，善谏且败矣。

如何千岁下，乃与茅焦比。

我行颍水道，永念负甘旨。

愿作赪尾鲂，因之日千里。

区大相（1549—1616年），字用孺，号海目，广东佛山高明人。明代著名诗人，对岭南诗坛影响巨大。万历十七年（1589年）中进士。曾北上中原，登嵩山，访箕山，畅游少林寺，寻踪颍考叔遗迹。从其吟咏诗作中，可以窥见他对颍考叔行迹的了解。

城 颍

停车指城颍，芳躅何缤纷。

巢许既高蹈，千载离垢氛。

如何遗羹子，纯孝至今闻。

揖让君臣全，愤争骨肉分。

积憾天性蚀，微言大义存。

至情在感发，口舌徒云云。

荒隧沦放道，薄采莫孤坟。

寄言茅焦者，颍谷有馀芬。

明嘉靖八年（1529年）本《登封县志》卷三"诗类·国朝诗"中收录有一首佚失作者姓名的《考叔祠》五言诗，内容很有代表性。

考叔祠

母里存孝诚，一食岂容懈。

感悟郑庄公，母子全慈爱。

清代以后，颍源颍考叔庙因缺乏有影响力的住持操持庙务，与社会各界的沟通互动大大减少，庙院规模越来越小，住庙道人越来越少，渐渐地沦落为一般民间小庙，名人游踪渐稀，诗词歌赋亦绝迹矣。

君召乡黄城村颍考叔庙：黄城村颍考叔庙，位于黄城故城东岭上，始建年代不详，占地面积不大。2015年冬，据陈窑村孟姓、时姓村民讲，该庙有大殿一间，硬山式灰筒板瓦覆顶，青砖砌墙，殿内彩塑颍考叔像。殿前有一卷棚，砖木结构，与大殿连在一起。烧香的人大都是四乡八邻的村民。因该庙只有大殿和卷棚两座建筑，当地人便称其为双庙。孟姓村民又说，在他的记忆里，双庙很小，庙门高度也就1米多一点，小时候的某年夏天他到东坡薅草，天降大雨，他便跑到双庙大殿里避雨，进庙门时还是弯了弯腰才能进去。后因风水问题，有一年的一天晚上，庙被另外一个村的人给偷偷扒毁了，好多年前庙址上还有不少残砖烂瓦，时间一长，庙址被人开垦为荒地，现在便什么也没有留下。年纪大一点的村民还能指认出庙的位置，年轻人最多就知道个名。

颍水春耕

颍水春耕，又称春耕颍水。在石道乡石道村西颍源，有清泉多处，四季不涸，汇流成潭，其潭周围皆为滩地，便于浇灌，适合农耕。春秋郑国大夫颍考叔管理颍谷邑时，十分喜爱这个地方，他曾建宅院，居住于此。每当春季，农人开始春耕播种，扬鞭驱犊，吆牛之声此起彼伏，颍考叔看到这幅春耕盛景，非常高兴，情不自禁，唱起"耕耘乐"："春风吹兮地苏醒，庄户人兮早春耕。勤耕耘兮地不懒，秋天来兮五谷丰。盼岁月兮常如此，举国上下兮歌升平。"耕作的农人们听到颍考叔的歌声，也跟着唱起来。刹那间，颍水河畔，田歌四起，春耕之图倒映于颍水之中，甚是好看，此景象被称为"颍水春耕"。唐僖宗光启年间（885—888年），进士郑谷游嵩山，把"颍水春耕"列为嵩山八大胜景之一，也称登封八大景，并题《登封八景诗》曰：

> 月满嵩门正仲秋，轩辕早行雾中游。
>
> 颍水春耕田歌起，夏避箕阴溽暑收。
>
> 石淙河边堪会饮，玉溪台上垂钓钩。
>
> 余雨少室观晴雪，瀑布岩前墨浪流。

后人将其简称为嵩门待月、轩辕早行、颍水春耕、箕阴避暑、石淙会饮、玉溪垂钓、少室晴雪、卢岩瀑布八大景，亦称中岳八大景。

颍考叔去世后，颍谷"颍水春耕田起歌"的习俗保留了下来，代代相传。隋末唐初诗人王绩（约589—644年）来到颍谷，闻听田歌之声，咏题《田家》诗一首，以歌颂颍水河畔耕耘的勤劳人们：

家住箕山下，门枕颍川宾。

不知今有汉，唯言昔避秦。

琴伴前庭月，酒劝后园春。

自得中林士，何忝上皇人。

明傅梅有《颍水春耕》诗：

匹马郊行劝稼初，即看颍水动春锄。

山回又过荒芜地，谁引西门十二渠？

结　语

笔者通过实地勘察古颍谷邑保存的泽峪沟、黄城故城、阴司沟、颍考叔墓、颍谷、颍考叔庙、颍源、颍水春耕、黄城村等不可移动文化与自然景观，证明春秋郑国时期设置的颍谷邑管辖范围，要比1984年前后登封县地名办公室认定的"颍谷邑四至范围"大得多，基本涵盖了今天登封市石道乡、君召乡、颍阳镇的管辖区域，这里的自然地名、人文地名、村落名称的形成、沿续，均与颍谷邑、郑庄公、颍考叔的人文活动有关联，这种特有的地域文化已经延续了两千七百多年，人们依然耳熟能详，津津乐道。

本文把散存的、零碎的颍谷邑资料进行梳理，基本厘清颍谷邑的设置时间、省废时间、邑域四至范围、执掌邑令（封人）、郑庄公"掘地见母"的地点等史料，填补了登封地方史志记载颍谷邑史料散、乱、少的不足，亦为黄城故城、颍考叔墓、颍水春耕等文化与自然景观对外开放提供了翔实的文史资料。

王子晋与嵩山

王子晋（约前567—约前546年），姬姓，名晋，字子乔，是东周灵王泄心之子，人称太子晋。他天资聪颖，温良博学，不慕富贵，喜爱静坐吹笙，乐声优美如凤凰鸣唱。周灵王二十一年（前551年）洛邑附近的谷水、洛水泛滥，危及王宫，周灵王急忙命人运土堵水，王子晋则建议父亲用疏导的方法来治水，引用历史上壅堵治水贻害天下的事例劝诫周灵王。忠言逆耳，周灵王一怒之下将王子晋废黜为庶人。王子晋被废黜后，内心苦闷，经常游玩于伊水和洛水之间，被道士浮丘公接上嵩山修道。三十余年后的七月七日，王子晋乘白鹤升天而去，远近可见，人们说这是"王子登仙"。嵩山有很多文化与自然景观与王子晋有关。

居修嵩山白鹤观

西汉刘向《列仙传·王子乔》记载：

> 王子乔者，周灵王太子晋也。好吹笙，作凤凰鸣。游伊洛之间，道士浮丘公，接以上嵩山，三十余年。后求之于山上，见桓良曰："告我家，七月七日待我于缑氏山巅。"至时，果乘白鹤，驻山头，望之不得到，举手谢时人，数日而去。亦立祠于缑氏山下，及嵩高首焉。

王子晋跟随浮丘公来到嵩山山巅居修三十余年骑白鹤飞升后，人们在其居修处修建祠庙作为纪念、祭祀的场所，后改名白鹤观，成为嵩山一处著名人文胜迹。

白鹤观位于登封市区北面嵩岳太室山巅，背负三鹤峰，左右皆绝壁，南面空阔，四周松树郁郁葱葱，浓荫茂密，风吹树动，飒飒作响，景色优美，令人心旷神怡。明傅梅《嵩书》中记述白鹤观形胜：

> 白鹤观在太室山上，西去绝顶约四五里。背负三峰，左右皆绝壁，空南一面，下瞰远山如屏，幽邃平阔，实太室之奥也。

这与西汉刘向在《列仙传·王子乔》中"亦立祠于缑氏山下，及嵩高首焉"的说法是相吻合的。

所以，嵩岳地方文献均作如下记述：

如明傅梅《嵩书》记载："白鹤观，故老相传，浮丘公接王子晋即此地。"清景日畛《说嵩》记载："白鹤观故址，浮丘接王子晋居嵩高三十余年，即此处。"

关于白鹤观名的由来，《河南府志》记载："观以子晋控鹤得名。"传说王子晋跟随浮丘公来到嵩山，居此地，学道术，练养生，强身健体，与王子晋为伴的只有一只白鹤和一株古松树。三十余年后，王子晋修道圆满，骑着白鹤，与古松树告别，"飞升"而去。为纪念友谊，把王子晋修炼的居所叫作白鹤观。自此以后，子晋、白鹤、古松树再未见面。明万历时，这株古松依然硕壮高耸，生机旺盛，见者惊异，皆言不虚千岁，树身流出的沥油（松油）尽成琥珀，大小不一，色泽各异，挂满树身，奇丽绝俗，诱人观瞻。清朝初年亡佚。

王子晋乘白鹤从白鹤观出发去缑氏山与家人见面。唐代道士李八百追慕李浮丘、太子晋之名，也居白鹤观炼药养生，常有三只白鹤绕观飞鸣后，翔集观后峰顶，故此山峰得名三鹤峰，位列嵩山七十二峰之一。

白鹤观创建于何时？文献没有明确记载。清《说嵩》卷二十记载：

白鹤观，元至正十二年重建。

清乾隆五十二年（1787年）《登封县志》记载：

白鹤观故址，浮丘接王子晋居嵩高三十余年，即此处。《河南府志》：观以子晋控鹤得名，不详起于何代。据登封旧志，至正十二年重建，故列元代。旧志：在遇圣峰下，西去绝顶二三里，背负三峰，左右皆绝壁，相传为浮丘公接引王子晋处。明县志云：至正十二年（1352年）建。观前有一株古松，明末犹存，今亡。

明万历四十年（1612年），傅梅《嵩书》说起白鹤观的建造时间：

旧县志称，元至正十二年建。恐不如此之近，……然不可考矣，今其地犹有琉璃龙瓦，必元时曾重修耳。

清代晚期至民国年间，白鹤观又经过数次小规模的民间重修或建设，主要建筑有大殿，为三开间石砌窑洞；东西配房各三间，亦为石砌窑洞；大门一间，石块垒砌墙体，硬山式小灰瓦覆顶；四周有用山石砌筑而成的围墙。

1948年，"国民党中统局派遣特务杨子修，潜伏在嵩山白鹤观搞策反活动（见王寿元《剿匪反霸》，刊载《登封文史资料》第五辑55—58页）"。在剿匪战斗中，观房多有破坏。

民国及以后，因守庙道人难以为继，至20世纪80年代末，观内正殿即三间石砌窑洞自然坍塌损毁。仅存殿房残基、断续的石砌西、南围墙残墙和石块砌筑的大门。

1960年5月4日，登封县人民委员会发布《关于划定文物古迹保护范围的通知》规定，白鹤观周围"在2—5公尺以内不得耕种，在相当于其本身高度三倍的距离以外，为其保护范围"。确保了白鹤观及其周围历史环境的完整性。

1965年12月20日，登封县人民委员会发布的《关于文物保护管理工作的布告》中，要求"需要使用古建房舍者，必须征得文化主管部门同意，报请原公布机关批准，并签订合同"。

1969 年 12 月 4 日，登封县革命委员会发布《关于加强文物保护管理工作的意见》规定，"凡经核定为文物保护单位的古建群（包括个体建筑在内），如其他部门需要占用时，事先必须征得县文化主管部门同意，并经县革委批准后方可使用。使用单位在使用期间应严格遵守不改变文物原状的原则，负责保证建筑物及附属文物的安全"。

1996 年 8 月 14 日，登封市人民政府发布《登封市人民政府关于公布登封市第二批重点文物保护单位名单的通知》（登政〔1996〕44 号），公布白鹤观为登封市第二批重点文物保护单位。

2000 年 6 月 28 日，登封市人民政府发布《登封市人民政府关于公布郑州市级登封市级文物保护单位保护范围的通知》（登政〔2000〕35 号），公布白鹤观重点保护范围：东、西、北三面各至山顶，南接二仙洞保护区。

2009 年 6 月 3 日，郑州市人民政府发布《郑州市人民政府关于公布郑州市第二批文物保护单位名单的通知》（郑政文〔2009〕134 号），公布白鹤观为郑州市第二批文物保护单位。

2011 年 8 月 12 日，郑州市人民政府发布《郑州市人民政府关于公布郑州市级文物保护单位保护范围和建设控制地带的通知》（郑政文〔2011〕180 号），公布了白鹤观的保护范围和建设控制地带。保护范围：北至北墙以北 50 米，南为配房南墙向南

50 米，东至登山步道，西至登山步道。建设控制地带：同保护范围。

2012 年 12 月，郑州市文物局刻制了白鹤观文物保护单位标志碑，登封市文物管理局负责竖立该标志碑。白鹤观标志碑由四块青石组成，下部三块为青石须弥座，上部为方形青石标志碑。碑呈横置长方形，正面镌刻四行碑文，内容分别是："郑州市文物保护单位 / 白鹤观 / 郑州市人民政府 2009 年 6 月 3 日公布 / 郑州市人民政府 2011 年 1 月 1 日立"，在标志碑右上方雕刻有中国文化遗产徽标。碑阴刻有白鹤观简介、保护范围和建设控制地带内容。

白鹤观因年久失修，仅剩大门、南墙、西墙残垣断壁；大殿、东配房被民间信士改建成民房式建筑，且破烂不堪，影响观瞻。为全面做好白鹤观的维修保护工作，郑州登峰熔料有限公司董事长王建亭自愿捐资近 400 万元全部用于白鹤观整修；2010 年 5 月 10 日，登封市文物管理局制订了《登封白鹤观整修设计方案》（以下简称《设计方案》），并报经郑州市文物局审核批准；2012 年 3 月 14 日，郑州市文物局《关于登封白鹤观整修设计方案的批复》（郑文物遗〔2012〕29 号）批准了白鹤观的整修工作计划。根据《文物保护工程管理办法》的相关规定，该工程由登封市王子晋文化研究协会具体组织实施，委托河南裕达古建园林有限公司负责施工，南京方环文物保护工程监理有限公司负责工程监理。整修工程从 2012 年 4 月 10 日开始，经过近 8 个月的紧张施工，到 11 月 30 日竣工，共整修大门、大殿、东配殿、西配殿和控鹤庵大殿、控鹤庵东配殿、控鹤庵倒座等建筑 8 座，共 563.98 平方米，新修筑围墙 33.16 米。经过初步验收，白鹤观整修工程符合《设计方案》的相关内容，目前已按照《河南省文物保护单位开放管理办法（试行）》的有关规定，筹办整修后的对外开放工作事项。

白鹤观坐北面南，整个院落呈长方形，与历史遗迹吻合，南北长 36.8 米，东西宽 17.09 米，占地面积 628.91 平方米。院落小巧玲珑，建筑青砖灰瓦，具有浓郁的地方建筑特色。

大门面阔一间，进深二架椽，青砖墙体，硬山式灰筒板瓦覆顶，两扇板门，颇显威武气派。门旁有对联两副，均为宫嵩涛撰文，一副为："子晋骑鹤，嵩山吹笙成真人；浮丘接引，江南弄箫奉护法。"另一副是："嵩高山福地；白鹤观洞天。"

进入大门，正面即为大殿，青砖修建，面阔五间，进深五架椽，大式硬山出前廊，灰筒板瓦覆顶，中心间装四扇格扇门，再外各间下为坎墙，上为坎窗。殿门口悬挂对联两副，一副是清乾隆皇帝御制联语："笙音缥缈凌秋月，鹤羽翔回驻岭云。"另一副是宫嵩涛所撰联语："辟谷导引子晋府；吐浊纳新道人家。"殿前有五级青石踏步，拾级而上，可进入殿内。殿内现无陈设，登封市王子晋文化研究协会拟在殿中恢复彩塑道教三清像，在东山墙面西恢复彩塑骊山老母像，在西山墙面东恢复彩塑白衣老母像。

东配殿也为青砖修建，面阔三间，进深四架椽，硬山式出前廊，灰筒板瓦覆顶，中心间装四扇格扇门，两次间下为坎墙，上为坎窗。殿门口悬挂联语："峻极峰侧道观静；三鹤峰下钟磬悠。"为宫嵩涛撰文。殿内现无陈设，登封市王子晋文化研究协会拟在殿内正中恢复彩塑道教仙人王子晋像，北山墙面南恢复彩塑子晋妹妹王观香像，南山墙面北恢复彩塑子晋长子王宗敬像。

西配殿也为青砖修建，面阔三间，进深四架椽，硬山式出前廊，灰筒板瓦覆顶，中心间装四扇格扇门，两次间下为坎墙，上为坎窗。殿门口悬挂联语："过太子驾鹤云游去；栖名山风送笛声来。"殿内现无陈设，登封市王子晋文化研究协会拟在殿内辟设"王子晋文化陈列展览"等内容，供游人观赏。

白鹤观保存有碑碣、石雕8件：

《重修白鹤观布施碑》：清光绪三十四年（1908年）四月刻石，碑高61厘米、横长75厘米、厚11.5—17厘米，"大清光绪三十四年戊申四月谷旦"14字字体稍大，为楷书，其他字为小楷，有36行，行满29字，字径1厘米。

《重修白鹤观布施碑》：清宣统辛亥年即宣统三年（1911年）孟夏吉日刻石，碑碣高44厘米、横长102厘米、厚11厘米，碑文共61行，行27字，无撰书人姓名，楷书字体，字径1厘米。

《铸金钟碑记》：民国二十年（1931年）十月刻立，碣石高62厘米、横长78厘米、厚13厘米，撰书者姓名不详，正文共9行，行满22字，楷体，字径2厘米。碑文曰：

> 无极者万世之母也，当初世无人烟之时，则差九六之，原来人降治化于尘寰，至今六万余岁，运宜大办收圆，故设慈航以度世，经典以救民，然今庙中概经诸善承办，而完全

俨然焕以新矣。□偏观其中，独少金钟，夫金钟者亦启聩振聋之灵物耶。久遇导训之不悟，则振钟唤起，皆使之于改过自新，免尘世之辛苦，享瑶池之极乐，今禹民之联合，朱氏之领办，功峻呈献，勒石贞珉岂不称永垂不朽乎。

《铸金钟碑记》：民国二十四年（1935年）刻立，高85厘米、宽62厘米、厚12厘米，无撰书者姓名，碑文127字，楷书，字径1厘米至2厘米不等，布施者姓名残。正文叙述无极设慈航、立教道、普度原人、建庙悬钟诸事。

"云岩洞"石匾：原为白鹤观云岩洞门额，无刻制年月，洞门已毁，石匾尚存，高31厘米、横长48厘米、厚11厘米，楷书字体，书丹者不详，字径17厘米×12厘米，匾的周边雕刻"富贵不断头"花纹装饰。

石雕佛座：现放置在白鹤观，为居士从其他地方收集而来，无刻制年月，座由两部分组成，已残缺一角，总长54厘米、宽50厘米、高30厘米。其中方形底高10厘米，其上为圆柱形石墩，直径40厘米，刻有莲花等四朵花卉雕饰（已残缺一朵花），花朵高20厘米，雕刻精美。

《曹真人画像赞》碑：放置在白鹤观后曹仙洞内，无刻碑年月，方首，高24.5厘米、宽32.5厘米、厚9厘米，楷书字体，字径2.5厘米。画像已不存在，而赞碑题为"曹真人画像赞"。赞文曰："头似白，发似霜，金面生辉，身体胖，於吾友，增个光，俨然是个活神像。赵金鼎拜赠。"

《大仙洞造像碑》：放置在嵩山白鹤观东北大仙洞内，碑高97厘米、宽50.5厘米，碑额横刻一行"陈公希阳"，楷书字体，字径7厘米×6.5厘米，间刻花卉装饰和"日、月"二字。碑额下高68.5厘米的碑面，刻有铭文和雕像，像高66厘米、宽35厘米，手持箫笙端坐，形似王子晋造型，栩栩如生。碑额与造像之间距2.5厘米，刻有碑文16行，行满7字，楷书字体，字径2厘米×1.5厘米，碑文曰：

清朝隐入嵩山无极洞内，存身忘世功名，跳出三界五行，饥□□□根深，饮玉井水。千难，一心不改，万磨正身。用功存，定阴阳八卦，乾南坤北，作成青龙白虎，锁住练成完元真灵间，时吹箫音，圣仙神降临，会圆工圆果满，元旦子时，诸仙神接引，全乐天堂保护中国人民惜世应物。

碑文两侧竖刻联语："跳出红尘三界外；入住白云山洞中。"楷书字体，字径6厘米×4.5厘米。

控鹤庵位于白鹤观东院，是北宋汴京（今河南省开封市）处士刘居中隐居读书二十余年的地方。庵名取"王乔控鹤以冲天"之意。明《嵩书》、清《说嵩》等记载，刘居中居此"尝闻石壁间读书声，后壁摧，得异书甚多；又尝闻异香满室，经日不散，不知所从来也。习之成仙"。刘居中生于北宋神宗元丰七年（1084年），到宋绍兴年间（1131—1162年），已年逾半百，被高宗赵构宣召入宫，赐号"冲静居士"。百余岁后，不知所终。

控鹤庵呈长方形，坐北面南，南北长36.8米，东西宽11.39米，占地面积419.15平方米。建筑由大殿五开间、东配殿三开间、倒座（南殿）五开间组成，均为青砖修建，硬山式灰筒板瓦覆顶，棂门坎窗。

浮丘洞位于白鹤观东约50米处，洞门高约2米，深约3米。"相传浮丘公曾居于此。"近年有好事者新添洞额为"白云洞"，盖不知其史话也。

灵泉位于白鹤观前一百多米处，泉水甘甜清冽。传说王子晋居此修炼三十余年，地涌甘泉。历代观内生活用水均汲取于此。古时凡来白鹤观之信士，只要身体不爽，默默祈祷，"病者，饮之即愈"。现在，泉水依然汩汩涌出，随着往来人流量增多，经过居士不断掏挖，泉池扩大加深，用山石垒砌成圆形井壁，井深约4米、水深2米余，取水者依旧络绎不绝。

嵩山太子庙

太子庙位于登封市少林办事处雷家沟村太子沟自然村东侧的子晋峰下、万公谷口，该庙是古人为纪念太子晋"居隐嵩山成仙，施福于地方"而修建的祭祀场所。太子庙共有两座，以太子石、太子池为界，石、池之北约百米处的太子庙，当地俗称里庙；石、池之南的太子庙，当地俗称外庙。

两座庙宇占地面积都不大，但依山就势，山溪前流，环境幽静佳丽。

清顺治十八年（1661年）焦贲亨编纂的《嵩高志》记载："近永泰寺者为子晋峰，下有太子沟、太子池、太子庙。"《说嵩》载："太子庙，盖祀观香之兄子晋者。"这两座为纪念王子晋而修建的太子庙，始建于何时，不详。但根据《说嵩》记载的"庙依绝巘，峻嶒缺蚀，旧砌崭然，盖昔人避地处也"的文字可知，清朝以前就建有太子庙。这两座太子庙距今至少已有350年历史，几经兴衰。

1996年8月14日，登封市人民政府发布《登封市人民政府关于公布登封市第二批重点文物保护单位名单的通知》（登政〔1996〕44号），公布太子庙为登封市第二批重点文物保护单位。

2000年6月28日，登封市人民政府发布《登封市人民政府关于公布郑州市级登封市级文物保护单位保护范围的通知》（登政〔2000〕35号），公布太子庙的重点保护范围和一般保护范围。重点保护范围：东至观音泉，西至太子沟村，北至三山峰，南至石牛坡。一般保护范围：北、东两面至登封与巩义交界处，南至擂鼓石。

里庙庙院呈长方形，坐北面南，现存清光绪三年（1877年）庙院基址，占地400多平方米。用自然石块垒砌而成的院墙高高低低环绕一周，清晰可见，高的有1米多，低的有0.3米左右。院内明显的建筑基址有大殿、大门等，大殿三开间，用自然石块垒砌的东西两山墙残高约2米，较为完整，前后墙已经坍塌，仅余石砌墙基；大门仅余石砌基址。庙院东临太子沟溪水，用自然山石垒砌的石护墙仍然完好，显示出历史的沧桑感。庙之前后，用自然山石垒砌的简易进出庙院步道，也保存较为完好。2014年3月14日下午，登封市文物管理局宫嵩涛、张德卿、韩向阳对太子沟太子庙（里庙）遗址保存现状进行调查记录。

外庙庙院坐北面南，是1987—1990年由登封、巩县、偃师三县信士共同捐资在原址重建而成，庙之东、西、北三面石障如椅，紧紧依邻太子石、太子池。由于地势狭窄，庙为三层叠建，依次往后移建房屋，均为面阔三开间建筑，一层殿房的殿顶为平房，是二层殿前活动平场。一、二层殿房为红机砖和山石块混建而成，殿顶是预制水泥板结成的平顶；三层殿房为大式硬山出前檐建筑，因二层殿房修建得稍微高了一点，该大殿由二层至三层殿房之间的狭窄通道出入，因地就势，反映了民间建筑随意自然、法无定式的特点。太子庙内祭祀王子晋、三皇老祖和观音老母等众多神像，王子晋像后墙壁上悬挂有两个现代玻璃匾，西侧的玻璃匾是偃师市"寨孜村张湘辉2008年4月8日"，因"太子爷显灵"而敬献；东侧的玻璃匾是偃师市"北寺（村）杨爱国敬献太子爷"。庙旁竖立两方民间刻立的石碑，虽然碑文中有错别字，但可以看出王子晋、王观香在当地老百姓中还有一定的影响力，碑文记述民间老百姓认为王子晋的生日是"三月三日"，成仙日是"九月九日"。

《嵩山太子庙重建纪念碑》：1988年3月15日刻立，龙首方趺，撰文唐知安，刻碑张根立、梁六合，碑文共8行，行满55字，楷书字体。碑文曰：

嵩山太子庙重建纪念碑

灵王太子周至进（应为"子晋"），不恋宫庭爱山村。三王庄里出生地，三月三日生时辰。九月九日归天去，嵩山隐居令人钦。行行打坐四十载，一脚奋把武当登。观音老母相资助，诚心修行金身成。后人建庙表敬意，金庙修成坐金庭。

三修太子庙

太子庙重建于光绪三年前，原址关地，第二次先修外庙，继建里庙，后里外二庙同时被毁。随着祖国旅游事业的发展，各地游客和善男信女渴望重建嵩山古迹太子庙。特别是赵庆云长老，不仅从十二岁起，两次亲自参加修建太子庙，而且医术精通，乐善好施，为人称颂。不顾年老多病，再次亲临筹划，第三次重建太子庙。在远近香客中，留下不可磨灭的良好记忆。

太子沟群众在重建太子庙中，各方面都给了大力的支援。

撰文代笔唐知安，刻碑张根立、梁六合。

公元一九八八年三月十五日立。

《嵩灵太子沟无极老母纪圣德碑》：平首、削肩、方趺，1990年季秋刻立，建庙主持人唐花，撰文并书丹王凤辉，铁笔张信朝、唐俊卿。碑文楷书字体，共7行，行满48字。碑文曰：

嵩灵太子沟无极老母纪圣德碑

混沌开，无极生，生太皇，定八卦，居嵩灵，育万物，治病救命，解危辅安，功德累累，不可胜数。然其庙堂，历久遭劫，破不忍视。有女士唐花，倡修者，乃登邑太子沟女，适偃师唐瑶梁门人也。屡莅睹，兹心感伤焉。遂弃家小，驻灵池，邀同志，募四方，含辛茹苦，集腋成裘。凡太子沟老小及登、巩、偃三县，聚众千余，捐资出力，自癸亥孟秋始于嵩山太子沟凤凰岭阳洼旧址处，奠基复修，塑粉雕饰，不数年云城（应为"成"），三进殿宇，功垂工竣。四方善男信女，进香求圣，虔诚续烟，逻（应为"络"）绎纷纭。为纪圣德，报神恩，表善意，故立石以志之。

岭逯治通祖鑫

原驻侍之后，系巩县邙岭杨略、卢世山及其子孙，偃师侯秀荣率其东西谷五十余众，力蟹太子沟全体人员资助始终。

主持唐花，撰书王凤辉，铁笔张信朝、唐俊卿。

公元一九九〇年庚午季秋谷旦。

子晋峰

子晋峰是嵩山七十二峰、太室山三十六峰之一，位于登封市永泰寺北，观香峰西北，海拔 1072.7 米。传周灵王太子晋在此峰上修炼，故名。《嵩书》载："周灵王太子晋从浮丘公居嵩高山上三十余年，即此地也。"当地民间传说，王子晋就是在此峰乘鹤升仙。

宋楼异《子晋峰》诗：

当年曾悟镜中形，道骨仙风拟紫冥。

二十四峰明月夜，玉笙须向揖仙听。

明傅梅《子晋峰》诗：

王子飞升去，千山空月明。

我来峰上坐，犹似听吹笙。

浮丘峰

浮丘峰是嵩山七十二峰、太室山三十六峰之一，位于登封市中岳庙西北，遇圣峰南，海拔 880.9 米。传说因西周仙人浮丘公隐居此峰修炼而得名。《嵩书》载浮丘峰"因浮丘公曾居此山而得名也"。《说嵩》亦载："以仙者浮丘所居名也。"

《历世真仙体道通鉴》上说："李浮丘伯世号浮丘公，居嵩山修道，白日飞升。尝作《原道歌》云：'虎伏龙亦藏，龙藏先伏虎。但毕河车功，不用堤防拒。诸子学飞仙，狂迷不得住。左右得君臣，四物相念护。乾坤法象成，自有真人顾。'"浮丘峰东北侧峡谷中间北侧崖壁上有一个大石窟，为浮丘公居所，人称浮丘洞。

《说嵩》载："浮丘公，姓李，居嵩山。修炼白日飞升。周灵王时，接引王子晋往来嵩山。"王子晋嵩山修炼三十余年，常到此峰随浮丘公学道。浮丘公著《相鹤经》，即在此峰传于王子晋。此峰东岩下为汉唐时帝王登游太室山主峰的御路，岩下有长官寨，是唐僖宗时登封令应靖弃官学仙处。

宋楼异《浮邱峰》诗：

> 谁知方丈与瀛洲，尘世纷纷漫白头。
>
> 不到嵩山最高处，世人容易揖浮邱。

明傅梅《浮丘峰》诗：

> 浮丘栖隐地，云白与山青。
>
> 自从仙举后，惟传《相鹤经》。

嵩山太子沟

太子沟位于登封市少林办事处永泰寺北一公里处的山谷中，太子沟后有高山屏障，左右和前面峰岳环抱，上下蜿蜒，气势引人入胜。据传王子晋常在此谷游玩，因此人称太子沟。沟中奇石林立，如虎如狮，成群结队。传说这是当年太子晋在子晋峰吹箫，箫声委婉动听，天虎天狮闻箫声，成群结队来聆听，山下的狮虎排成仪仗，夹道迎送而留下的仙迹。除此之外，沟中至今还保留有太子伞、太子石、太子池、太子洞、太子障、太子图和太子湖等遗址。

太子伞：在谷西石崖下，有一块数丈高的巨石，顶上四处外出檐，形状似伞，檐下的石柱像伞把。相传王子晋曾在下边避过雨，故名"太子伞"。

太子石：在太子伞下，自然形成一人头像，形象逼真，人称"太子石"。

太子池：太子石东部有一石崖，崖上一块巨石突兀耸峙，顶端大而弯曲，名曰"龙头"。龙头向南，下方有一巨石，石上有一池，池中水没脚面，名曰"太子池"。该池呈椭圆形，长七尺许，宽约二尺，深二尺余，活像一只大脚印入石中。池前五趾，脚跟、脚掌明显可辨。脚尖朝西北，脚跟朝东南。传说王子晋造访偃师缑氏山，返回落鹤子晋峰，一只脚从峰上踩下，另一只脚踏在石上，留下此脚印。脚印内常有一池清水，终年不涸。还有传说此池是当年太子晋沐浴濯足的地方，池水似镜，坐在池边，周围奇景映入池中，甚为美观。这就是中岳嵩山有名的"石池耸崖"胜景。宋代诗人楼异写诗赞颂此景曰："当年曾悟镜中形，道骨仙风拟紫冥。二十四峰明月夜，玉笙须向揖仙听。"

太子洞：子晋峰下百丈悬崖石壁上有一天然石洞，洞口古藤盘绕，洞内冷风习习。相传为太子晋当年读书修道居住的地方，人称"太子洞"，亦称太子门、太子走游洞等。

太子障：在太子石的左右崖畔，立石如笏，峭直中空，称太子障。其西侧为一片奇石群，石像各异，形态逼真。一石似老翁面向太子石，称老翁拜太子；一石一脚独立，一手遮额，称独行尊者；一石似马腾空，称天马行空；一石似女抱子，称母子相亲。

还有数石如睡狮卧虎，如雏鸟盼母，如天犬护府，如雄鹰阅世……有一石洞，相传为浮丘公考验王子晋，化一老人和美女，指洞说亲，娶于洞中。子晋听后，顿足而去。人称此洞为"新媳妇洞"。

太子湖：太子沟东北沟口，形如一阙门，门内有数座天然石池水潭，称"太子湖"。传说王子晋的妹妹王观香随同哥哥在此修道，多在湖边梳洗，故太子湖又称"天镜湖"。湖水逐流而下，形成瀑布群。20世纪70年代，当地农民在沟中修筑一座小型水库，动用万民，称万工湖，亦称太子湖。此水库不仅可供农业灌溉，亦为游人提供一个水上游乐之所。

缑氏山

缑氏山位于嵩山西麓偃师区府店镇南，孤峰突起，海拔308米。"山不在高，有仙则名。"缑氏山的扬名，与周灵王太子晋升仙于此有关。《列仙传》记载，王子晋爱好吹笙，喜欢凤凰鸣叫的声音。一次他在河南的伊水和洛水漫游时，遇见嵩山仙人浮丘公，他就跟浮丘公上了嵩山。在嵩山，他一住就是三十多年。后来，朋友桓良终于在嵩山找到了他，他对桓良说："请转告我的家人，七月七日那天在缑氏山上等我。"到了七月七日那天，人们来到缑氏山上，果然看见王子晋骑着一只白鹤停在上头。他只是远远地看着人们，并不靠近大家。他举手向人们致谢。几天后，他才骑着白鹤飞走了。后人为纪念王子晋，在嵩山和缑氏山为他建立了祠庙。因此，道家把缑氏山列为福地。唐朝武则天曾在此立碑建庙，纪念王子晋。按《渊鉴类函》中说，缑氏山为道家七十二福地之一；《洞天福地岳渎名山记》也说，天下有三十六洞天和七十二福地，而其中第六十福地，便是这座缑氏山。

《升仙太子碑》

《升仙太子碑》位于嵩山西麓偃师区府店镇南缑氏山顶升仙观旧址。武周圣历二年（699年）六月刻立，碑高6.7米、宽1.55米、厚0.55米，龟趺高1.3米。碑首蟠龙伏绕，额题"升仙太子之碑"2行6个大字，为鸟篆飞白体，笔画呈鸟形，丝丝露白，似枯笔写成。碑文行书，33行，每行66字，文中有武则天新制之字。

圣历二年二月四日，武则天从神都洛阳去嵩山巡幸，途中留宿缑氏山，游览了刚竣工的升仙太子庙，遂撰文并书写了此碑文。碑文上下款为薛曜所书。

碑文内容主要有两点：一是记述了王子晋升仙的故事，二是歌颂当时的社会稳定繁荣。文曰："我国家先天纂业，辟地裁基。正八柱于乾纲，纽四维于坤载"，是说武周承上天之命，开创基业，江山稳固；"廓堤封于百亿，声教洽于无垠；被正朔于三千，文轨同于有载"，是说人口众多，政令通行全国；"茫茫宇宙，掩沙界以疏疆；绵绵寰区，笼铁围而划境"，是说疆域辽阔，边防巩固；"乾坤交泰，阴阳和而风雨绸；远肃迩安，兵戈戢而燧烽静"，是说五谷丰登，民族和睦，天下太平。这些颂扬之词，虽然有些夸张，但也大体符合当时的现实状况。在武则天执政期间，国家统一，社会安定，经济文化均有发展，这是她对历史的贡献。

碑阴刻文分三段：上为武则天所作杂言诗《游仙篇》及诸臣题名，系薛曜书丹；中为钟绍京等人衔名、神龙二年（706年）题记及衔名，系由薛稷和钟绍京所书；下为相王李旦的题记及从臣题名。另外，还有宋政和元年（1111年）二月邓洵武的题记、题名等内容。

碑中描绘的武则天执政时的社会盛况，对研究唐史有一定参考价值。清时所编《全唐诗》卷五，收有武则天存诗四十六首，而此碑上的《游仙篇》却失载，直至今人孙望在《全唐诗补逸》中才将其收录，从而使更多的人获知武则天尚有此诗存在。碑阴所题名的从臣，如狄仁杰、杨再思、吉顼、钟绍京等，都见于史传，传中所记其官职时有漏错，故碑阴衔名可补正史传之错误。对此，清代武亿《偃师金石遗文补录》已有考释。

中国妇女书碑，此为第一方。武则天书法行草相间，运笔流畅，意态豪纵，且有章草遗韵。额上的"飞白"书矫若游龙，书艺高妙，较为罕见。薛曜、薛稷和钟绍京，都是唐代书坛名家。薛稷、钟绍京两人所书碑刻，除此碑阴题名外，今已全毁。特别是钟绍京所书碑刻，连拓片亦不可见到，所以此碑已成为研习他书法艺术的唯一实物。

此碑除著录于上面所说的武亿所作之书外，还可见于宋赵明诚《金石录》、陈思《宝刻丛编》、明赵崡《石墨镌华》、清李光暎《观妙斋藏金石文考略》、毕沅《中州金石记》和王昶《金石萃编》等多种书中。

观香峰

观香峰是嵩山七十二峰、太室山三十六峰之一，位于登封市嵩岳太室山西麓，其西有永泰寺，海拔 957.6 米。传周灵王之女观香在此峰修道，故名。峰巅南侧岩畔树林茂密，留存王观香修道处"皇姑洞"。

《历世真仙体道通鉴》记载：女仙王观香字众爱，周灵王第三女也。是宋姬所生，于子乔为别生妹……后俱与子乔入陆浑，积三十九年道成，白日冲天。后来人们便称此峰为观香峰。

此峰传说由来已久，但旧时未被列入太室二十四峰。明登封令傅梅补太室十二峰，此为其一。傅梅《观香峰》诗曰："仙子本王姬，学道辞世荣。至今深山里，如闻环瑕声。"

皇姑洞

皇姑洞，位于嵩岳太室山观香峰南侧山半腰，因东周灵王泄心的女儿、太子晋的妹妹王观香在此居修而得名。皇姑洞海拔高度940余米，背靠陡崖，前临险谷，依山为基，就岩筑洞，分上、中、下三层洞窟，由低到高依次叠压砌筑而成，一、二层洞窟顶层为平面，分别为二、三层洞窟前的活动场地。周围林木茂密，道路蜿蜒曲折。站在洞前鸟瞰山谷，葱郁深邃，山谷幽响，时鸣耳畔。每逢夏、秋之季，急雨乍停，或阴雨连绵，云雾翻涌、飘荡其间，犹如仙境一般。传说这里也是南朝梁武帝萧衍的女儿明练公主、北魏宣武帝元恪的女儿永泰公主面壁九年处。

王观香居修的皇姑洞位于最下层，是一石洞，面向西南，依据山势，用山石干摆垒筑而成，洞门为半圆形单券石拱券门洞。整个洞深4.2米、宽1.83米、高1.73米，石墙壁厚0.71米；石拱券门高1.45米、宽0.78米，洞内现无陈设。洞顶为平场，是明练公主居修的洞前活动平场，面积40余平方米。

中层皇姑洞，面向西南，为一个不规则的石洞，深约4米，宽约2.7米，高约3.3米。后世信徒为保护祖地，在石洞外又用砖石接修了洞窟，洞窟内两侧墙壁用石块垒砌，白灰浆勾缝；上部用青砖发券，白灰浆砌砖，青砖长25厘米、宽12厘米、厚6厘米。前后两洞相通，洞内现无陈设。

明练公主修行洞的上面，再修筑一洞，为永泰公主居修处，亦用不规则石块垒砌而成，白灰浆勾缝，单券石拱门；洞内石壁上有一个半圆形石拱券神龛。洞内现无陈设。该洞因年久失修，墙体走形，濒临坍塌。

皇姑洞东侧的山谷里，有一个用巨形石块垒砌起的可供人活动的平坦场地，约有150平方米。传说王观香和明练公主、永泰公主每天静修或坐禅后，便站起身来，走到这里做一些活动，用一些舒筋活络的方法来强身健体。

若想去皇姑洞，从永泰寺后东行上山，便可到达。上山步道昔日全部为羊肠小道，蜿蜒蛇形，路面坎坷，行走不便。为方便朝拜皇姑洞的信士行走，新密屈玉荣居士大发宏愿，组织来自新疆、河南、四川、重庆、黑龙江、山东、山西、陕西、湖南、湖北、江苏、青海、广东、安徽、河北等18个省市的大德居士，累计逾万人，年龄最大的已逾八旬，最小的年仅三岁，自发修筑永泰寺至皇姑洞的登山步道。他（她）们自带干粮，不取报酬，肩挑背扛，挥镐奋战，栉山风，沐夜雨，顶烈日，披骄阳，2000年农历七月初一动工，至九月十五竣工，终于把山石嶙峋、荆棘丛生的小道，用自然石块、石板铺砌成登山步道，步道共长5000余米，途中新建石拱桥一座，名曰"皇姑桥"，给登山朝拜皇姑洞者提供了方便。由于参加修路的居士累计超过万人，民间信士也称该路为"万人功德路"。

子晋、观香水道传书石渠

　　嵩山永泰寺院内存放有从民间收回或近年挖出的石刻水渠10余节，长20余米。关于石水渠的作用，民间言传：王子晋的妹妹观香随同哥哥来嵩山修道，居住在子晋峰南观香峰下的皇姑洞中。洞下30米处有一天然奇石，像一位年轻貌美的女子，面西端坐，高约4米，身着黑色素装，发如凤冠，轮廓清晰，传为王观香石像。观香和哥哥虽然仅有一峰之隔，但封建社会男女授受不亲，为避嫌而互不相见，为方便联络，修道传书，便在山坡上用石渠修筑地下通道，用水传递书信，名曰"水道传书"，俗称"顺书匣"。据记载，明代以前，当地农民在垦荒中就不断挖出石水渠。《嵩书》记载："世传周灵王太子晋入嵩山学仙，其妹亦从晋入山。兄妹不相见，惟通水道于地下，筒中传书，授受道术。今耕者常于峰下得石槽接连。其说如此。予阅道书，方知子晋实有妹名王观香，是宋姬所生，亦白日冲天。土人之言，必有所本也。"

　　由此看来，子晋、观香兄妹"水道传书"的说法，由来已久。

清乾隆皇帝御制《王子晋升仙诗书碑》

　　清乾隆皇帝御制《王子晋升仙诗书碑》位于嵩山少室山北麓

偃师区府店镇南缑氏山顶，《升仙太子碑》东侧。碑身通高4.30米、宽0.90米、厚0.25米，龟趺龙首，上刻七律诗一首，乾隆皇帝弘历撰文并书丹，碑文行草5行，满行16字。诗曰：

缑岭茂笼嵩岳连，传闻子晋此升仙。

割来太室三分秀，望去清伊一带绵。

欢豫民情他阆苑，菁芊麦色我芝田。

孜孜求治犹多愧，无暇重翻学道篇。

此诗为清高宗爱新觉罗弘历在乾隆十五年（1750年）秋秩祀嵩岳，驻跸缑氏山时所题。弘历在位60年，到处巡幸，祀嵩岳是他多次巡幸中的一次。其所到之处，多题诗刻碑，此碑仅是其所题嵩山多通乾隆御制诗书碑中的一通。

结　语

王子晋是中国道教早期著名得道"真人"，嵩山现存碑碣多有载述，如明万历三十二年（1604年）河南监察御史方大美在中岳庙刻立的《五岳真形之图》碑中就说"中岳嵩山即太子晋跨鹤之处"。类似这样的记载还有很多，恕不一一列举。子晋的儿子宗敬改为王姓，五代前蜀末代皇帝王衍（919—925年在位）以王宗敬为王氏始祖，加封庙号圣祖，谥号至道玉宸皇帝，故称玉宸大帝。北宋欧阳修（1007—1072年）在《新唐书·宰相世系表》

中叙述："王氏出自姬姓。周灵王太子晋以直谏被废为庶人，其子宗敬为司徒，时人号曰'王家'，因以为氏。"自此以降，来嵩山拜谒王子晋胜迹者络绎不绝，仿王子晋修真者不计其数。

除上述文化与自然景观外，嵩山地区与王子晋有关的旧迹还有浮丘祠、浮丘冢、浮丘洞、子晋垒、子晋墓（葬剑城）、拜马涧、望仙亭、灵星坞、洛鹿涧等，现在已经无存，令人惋惜，不过从古人踏访的诗文中还能寻觅到子晋文化的魅力。

汉武帝刘彻与嵩山

汉武帝刘彻（前156—前87年），是西汉的第七位皇帝，杰出的政治家、战略家、文学家。汉景帝刘启的第十子，母亲王娡为皇后。刘彻7岁被立为皇太子，16岁继承皇位，在帝位54年，功业甚多。元封元年（前110年）春三月，47岁的刘彻巡游祭祀嵩山，留下诸多文化和自然遗迹，后人多依史至嵩岳踏访武帝行踪，行走岩壑间，见其旧迹谈古论今，留下煌煌佳话。汉武帝刘彻是中国历史上第一位有确切记载幸临嵩山的帝王，悠悠往事，影响深远。

嵩呼万岁与设置崇高县

据《史记》《汉书》记载，西汉元封元年（前110年）正月，武帝刘彻自都城西安出发东巡，春三月至中岳，获得瑞兽驳（猛兽名，传说能捕食虎豹）、麝（楚人谓麋为麝，亦称"四不像"），见到夏后启之母涂山氏所化之石。第二天，他亲自登上嵩山太室山东侧的一座山峰，随从官员在山下听到有"呼万岁者三"的声音。于是，武帝"问上，上不言；问下，下不言"。大家都认为是嵩山神在迎接汉武帝。武帝十分高兴，称此峰为"万岁峰"，下令在峰巅建万岁亭，峰下建万岁观，并下诏划嵩山下三百户为崇高邑，只供给祠祀所需，免除其他赋役。同时诏令禁伐嵩山草木，增修太室祠（今中岳庙）。万岁峰被后人列入嵩山七十二峰、太室山三十六峰之一。自汉武帝游嵩之后，嵩山威名大振。

武帝登嵩山闻听山中有三呼万岁之声，后人称此呼声为"嵩呼"或"山呼"，自武帝起，"嵩呼"这种形式，被历代朝廷沿用为礼仪制度的一部分，成为臣民祝颂帝王的专用吉祥用语。唐代张说《大唐封祀坛颂》载："五色云起，拂马以随人。万岁山呼，从天而至地。"足见"山呼"气势之磅礴。明代宋濂《元史·礼乐志》则明白无误地说明了"山呼"的具体步骤："曰'跪左膝，三叩头'，曰'山呼'，曰'山呼'，曰'再山呼'。"《元史》注释曰："凡传山呼，控鹤呼噪应和曰'万岁'，传'再山呼'，应曰'万万岁'。"由此可知，"山呼"就是高呼"万岁，万岁，万万岁"。宋代爱国诗人陆游在《拜旦表》中用"嵩呼"表达了收复失地的迫切愿望："一封驰奏效嵩呼，清跸何时返故都。"

万岁峰，在启母石北，海拔998.5米，耸然特秀，高出云表。

因汉武帝刘彻礼登此峰，闻听"山呼万岁"之声，故名，成为嵩岳著名山峰。宋楼异《万岁峰》诗曰："仙仗西来感百神，泥金检玉尚如新。山灵知是真天子，万岁声中第一人。"明傅梅《万岁峰》诗："汉皇修大礼，龙驾此间登。可叹三呼后，无人问茂陵。"峰巅万岁亭早废，如今峰顶稍偏南，有一平场，似人工凿迹，应为万岁亭遗址。

启母石在万岁峰下，登封市区崇福路北端。明傅梅《嵩书》引《汉书》注曰："启，夏禹子也。禹治洪水，通轘辕山，化为熊。谓涂山氏曰：'欲饷，闻鼓声乃来。'禹跳石，误中鼓，涂山氏往，见禹方坐熊，惭而去。至嵩高山下，化为石，方生启。禹曰：'归我子。'石破北方而启生。事见《淮南子》。"汉武帝巡祀中岳见启母石，遂令建启母庙。庙已毁，遗址分布在启母石周围。启母石高约 10 米，宽约 10 米，西侧石檐下内凹形成窟窑，南北两面用碎石块垒墙，西面亦用碎山石垒墙、辟门，历史上不断有人来此居住修行。20 世纪 80 年代中后期废弃。北侧上方，石块劈裂掉落仆地，登上仆地方形石板，可见石身袁宏道、傅梅题字。启母石西北角石身裂口缝隙中原有铜钱数枚，用小铁丝触及有声，始终不能取出，因此启母石民间名曰"金钱石"。启母石南有东汉安帝延光二年（123 年）雕造的启母阙，启母阙 1961 年 3 月 4 日被国务院公布为第一批全国重点文物保护单位，2010 年 8 月 1 日被联合国教科文组织世界遗产委员会列入世界文化遗产名录。

万岁观，位于万岁峰下偏西，唐代改名太乙观，北宋更名崇福宫，成为宋仁宗赵祯专为父亲真宗赵恒祝厘（祈求福佑）的场所，增置真宗元神、本命、御容三殿，皇后亦设像于西阁帐内。宫后有弈棋、樗蒲、泛觞三亭。凡宫中主事者，都由朝廷委派朝官充任，因为是为皇帝祈福，朝臣引为无上荣耀，往往是"力请而后授"。据记载，范仲淹、司马光、吕海、程珦、程颢、程颐、李纲、杨时、朱熹等20余人先后在崇福宫做过提举或管勾等官职。司马光《资治通鉴》的第9—21卷即在此处编纂而成。

如今的崇福宫背靠万岁峰，前临登封市区环山旅游公路，占地5000多平方米，保存清代三元殿、玉皇殿、泰山殿、龙王殿和近年复建的大门、御容殿、东配殿、西配殿、泛觞亭等建筑，元代以后碑刻4通，皂角、侧柏等古树20余株。1963年6月20日被河南省人民委员会公布为河南省第一批文物保护单位；2019年10月7日被国务院公布为第八批全国重点文物保护单位。

西汉元封元年（前110年），武帝下诏设置崇高县，属颍川郡管辖，治所在万岁峰南麓一千余米处，今登封市区西北部，城址东到市图书馆东墙，西到崇高西里路，北到古城新村南墙南约30米处，南到爱民路南约70米处，南北长约700米、东西宽约350米，占地面积约24万平方米。这是登封建县之始。20世纪60年代，崇高县城四周夯土筑成的城墙几乎完整，高1—3米。1965年12月20日，汉崇高县城遗址被登封县人民委员会列为登封县第一批文物保护单位；2009年6月3日，崇高县故城被郑州市人民政府列为郑州市第二批文物保护单位。

东汉初，废崇高县入颍阳县。唐永淳元年（682年）七月，高宗李治拟封中岳，复置嵩阳县，治所位于汉崇高县城旧址，属洛州管辖。永淳二年（683年）废嵩阳县。光宅元年（684年），睿宗李旦复设嵩阳县。万岁登封元年（696年），武则天登嵩山、封中岳大功告成，改嵩阳县为登封县，阳城县为告成县。神龙元年（705年），中宗李显改登封县为嵩阳县，改告成县为阳城县。次年，复改嵩阳县为登封县，阳城县为告成县。五代后周显德五年（958年）废阳城县入登封县，属河南郡管辖。金代废颍阳县，并入登封县，隶属河南府管辖。至此，登封县建置沿而未改。1994年5月，经国务院批准，撤销登封县，设立登封市。

在登封城区历次建设中，南城墙先被扒毁，20世纪80年代，北、西城墙渐次被扒毁，东城墙被扒毁大部分。仅在登封市人民银行后院还保留东城墙北段一部分，长约20米，高1—2米，宽约3米。1991年修筑嵩阳路时，在汉崇高县故城北门外，挖出一个重千余斤的河卵石，上刻篆书"崇高县故城"，字迹隐约可识。应是后人镌刻的汉崇高县城标志石，刻制年月、书丹人均不详。旋即登封县文物局安排专人运至嵩阳书院集中保护展示。1999年秋，移置城隍庙登封历史博物馆保护展出。

上述万岁峰、启母石、万岁亭、万岁观（崇福宫）、汉崇高县故城等文化和自然景观都与《汉书·武帝纪》记载的武帝刘彻巡游中岳嵩山有关，虽然每一处遗迹的作用和文化内涵不尽相同，但其特有的文化属性，仍吸引着众多的文化爱好者前来探访嵩山武帝行踪，文化传承历久弥新。

登嵩御道与嵩丘行迹

武帝刘彻登嵩山走的道路位于万岁峰下东侧，沿峰麓蜿蜒山路向西北攀行，至峰顶北与中岳庙至嵩顶的汉唐御路相交，再向西北经铁梁峡至嵩山主峰。因汉武帝经此道登嵩山，清叶封、焦贲亨《嵩山志》，景日昣《说嵩》把此山道称为御路。2021 年 7 月 19 日晚至 20 日，嵩山地区降下特大暴雨，山洪冲刷，汉武帝登嵩御路冲毁严重。

除万岁峰外，汉武帝还登临了嵩山太室山的遇圣峰、青童峰、黄盖峰、会仙峰、玉人峰、玉女峰等，留下许多文史佳话。

遇圣峰： 在狮子峰南，浮丘峰北，海拔 930.8 米。相传汉武帝在此山峰上遇到仙人，故名。东晋葛洪《神仙传》载，传说汉武帝游嵩山时，在此峰遇到一位仙人，身高二丈余，耳长过颔（下巴），下垂到肩。仙人对武帝说："吾九疑仙人也，闻中岳有石上菖蒲，一寸九节，服之可以长生，故来采之。"说罢，仙人猛然不见了。武帝依言服食两年菖蒲。后来此峰便被命名为遇圣峰。这是一个有着神话传说的山峰。峰上有石洞三个，人称三仙之馆，民间称接仙馆。唐李白《嵩山采菖蒲者》诗曰："神仙多古貌，双耳下垂肩。嵩岳逢汉武，疑是九疑仙。我来采菖蒲，服食可延年。

言终忽不见，灭影入云烟。喻帝竟莫悟，终归茂陵田。"北宋楼异《遇圣峰》诗："汉家天子学神仙，曾遇真人耳过肩。不待菖蒲长黑发，须知逸乐自延年。"

青童峰：在中岳庙、黄盖峰北，海拔 959 米，古人说此峰是岳祠的后卫背屏。传汉武帝游嵩山时，在峰上见到两个青衣童子捧书来迎，故名。《古今图书集成·方舆汇编·山川典》记载："青童峰，世传山上有青衣童子，汉武帝登嵩时捧书来迎，欲问俄失之。"峰巅地势稍坦，名青岗坪，有耕地数十亩，西侧中岳行宫，东有青岗坪庙，古今登山者于此休憩。此处林木烟罩，南瞻岳祠栋宇云联，北望嵩顶正睹群峰之巅，为嵩岳又一胜境。楼异《青童峰》诗曰："斩新高髻掠云开，翠色罗衣一样裁。知有真仙此中住，故命天女捧书来。"傅梅《青童峰》诗："青童者谁子，捧书自来去。山高白云深，茫茫不得语。"

黄盖峰：在中岳庙北，又名神盖山，海拔 880.9 米。汉武帝登嵩时，有黄云如盖，故名。《嵩岳志》记载："汉武帝获玉人时，东南峰上有黄云如盖，故名。"《嵩书》引西汉京房撰《易飞候》曰："黄云如覆车，大丰也。"汉武帝见黄云覆盖峰顶，是吉祥之兆，或与武帝至太室祠祈求丰年有关。金黄久约在《大金重修中岳庙碑》中称黄盖峰为神盖山。此峰端正圆整，前臂向南延伸至岳庙后。峰顶有黄盖亭，亦称中岳行宫。楼异《黄盖峰》诗曰："一片黄云驻不飞，中天帝子欲何知。不须更问玉人事，自有嵩高峻极诗。"傅梅《黄盖峰》诗："一峰出木末，端整更无奇。只有黄云色，东南覆岳祠。"

会仙峰：海拔1441米，明傅梅《嵩书》记载，昔汉武帝登嵩，见八仙汉钟离、铁李拐、吕洞宾、何仙姑、韩湘子、张果老、蓝采和、曹国舅弈棋于此，因此建八仙坛于峰顶。唐武后时重修。明刘咸《嵩山赋》中有"道有弈棋之八仙，佛有面壁之一祖"语句。楼异《会仙峰》诗曰："鹤乘云辁下九天，玉盘星子竟谁先。相应汉武题花品，留作人间聚八仙。"傅梅《会仙峰》诗："群仙曾会奕，奕罢仙踪绝。不似世局长，悠悠未可结。"

玉人峰：在玉女峰东北，海拔1443.7米。《嵩书》《嵩岳庙史》记载，汉武帝于峰上得玉人，为庙主。玉人高五寸，色甚光润，制作亦佳，莫知所造，盖庙神之像，相传谓明公。山中人云：平常时隐时现，或经旬方能见到。清景日昣认为："按古庙制以木主缋神，武帝得玉人以为庙主，则岳神之有像始诸此矣。"楼异《玉人峰》诗曰："汉武求仙未得仙，玉人何事落峰前。故知帝子乘云下，神盖峰头启洞天。"傅梅《玉人峰》诗："山中见玉人，云是岳神像。至今古殿里，精光不可望。"

玉女峰：在玉人峰西南，紧邻玉人峰，海拔1365.3米。《嵩岳志》载，峰上住有玉女，故名。民间传说汉武帝曾在峰上见到玉女。《嵩书》记载，峰北石如玉女，上有大篆七字，人莫能识。唐李白《送杨山人归嵩山》诗有"我有万古宅，嵩阳玉女峰"。楼异《玉女峰》诗曰："玉仙曾此驻云车，日薄窗纱映雪肤。七字天书人不辨，定知玄女手中符。"

太室山麓的一些小山丘、古村落名称由来，也与汉武帝访求神仙行迹有关，如三台山、玉始等。

三台山：位于嵩山东麓龙潭寺东北，今东张庄村北，三座土丘山峰丛列，参差起伏，如列坟，土多石少，形家谓之"聚讲"。《嵩书》引六朝《杂道书》曰三台山在"岳神庙东北二十余里，昔汉武东巡过此山，见学仙女，帝观之，遂以名焉"。《说嵩》亦云："龙潭寺东北有三台山，传汉武（帝）遇仙女事。"此山属太室山附山。

玉女台：简称玉台，位于登封市唐庄镇玉台村。《说嵩》云："龙潭下寺又东，度平洛水陟岭，为玉女台，传汉武（帝）幸嵩，于其地见玉女来迎，筑台名之。其旁聚落，今犹沿其名也，曰玉台。"玉台村人口众多，后发展为东玉台村和西玉台村，两玉台村皆位于绥水之阴，东西相望，间距不远。东玉台村（俗称月台村）属新密市牛店镇管辖，西玉台村属登封市唐庄镇管辖。

另外嵩岳少室山系马峰，海拔1075米，名因汉武帝系马于此而得名。《嵩岳志》记载："系马峰，汉武帝封禅，系马于此。"

斋戒太室祠与《五岳真形之图》

元光五年（前130年），汉武帝铸八剑，各长三尺六寸，铭曰"八服"，遣使至嵩山埋之。

元狩四年（前119年）冬，武帝派遣方士公孙卿候神于太室山上。之后的元封元年（前 110 年）春，武帝亲至嵩山太室，闻听嵩呼万岁之声，下诏增修太室祠，并在太室祠内祭祀嵩山神之前，先斋戒七日，致祭礼成，才离开嵩山。斋戒，是旧时祭祀前沐浴更衣，戒除嗜欲（如不饮酒、不食荤等），以示诚敬。所以《汉武帝内传》云："元封元年正月甲子，祭嵩山，起神宫。帝斋七日，祠讫乃还。"

太室祠即今日的中岳庙，是历代祭祀嵩山神主的祠庙，现在庙内还保存有汉代文物两处。一处是东汉安帝元初五年（118 年）建造的太室阙，阙身有保存较好的画像 50 余幅和阙铭 3 篇；另一处是东汉元初五年（118 年）雕造的两个石翁仲，东石翁仲头顶刻一隶书"马"字，相传朱拓佩身，能避刀兵厄运，故清朝中晚期至民国时期军人多拓之随身携带。

唐宋之际，中岳庙有两通《五岳真形之图》碑，刻立在迎神殿内，明清时毁佚。中岳庙现存的两通《五岳真形之图》碑，碑载该图均系西王母授予汉武帝，传之后世，明万历年间，分别由登封知县孙秉阳和巡按河南监察御史方大美刻碑立于岳庙内。这两通五岳图碑，一碑小，一碑大，为区分两碑，俗称"小《五岳真形之图》碑"和"大《五岳真形之图》碑"。

小《五岳真形之图》碑：位于中岳庙峻极门东掖门北檐廊西端，面东背西。明万历二年（1574 年）刻立，圆首方趺，碑高 1.71 米，宽 0.78 米，厚 0.18 米。碑的正面刻四部分内容：一是碑的上方正中刻有一段关于五岳来历、五岳之神职责的总序，共 58 字；

二是五岳图及其图下东岳泰山、南岳衡山、中岳嵩山、西岳华山、北岳恒山坐落位置、得道真人、岳神封号及其主宰事项等内容；三是碑的中下方中间刻有 5 竖行文字，为五岳之东岳、南岳、中岳、西岳、北岳真君的名号；四是碑的下部刻有一段碑文，正文 22 行，满行 8 字，楷书字体，记述谨按《抱朴子》云，凡修道之士，栖隐山谷，须得五岳真形图佩之，其山中鬼魅、精灵、虫虎、妖怪一切毒物莫能近矣。汉武帝元封二年（前 109 年）七月七日夜，西王母亲降，见王母巾器中有书卷，紫金囊盛之，亦是斯图。太初中，李充称冯翊人三百岁，负五岳图，帝封负图先生。此图如人出入作客、过江渡海，或入山谷，或夜行，又恐宿于凶处，若此图随身，一切凶魔、魑魅魍魉、水怪等尽皆隐迹逃遁矣。所居之处香花供养，悉心扶持，必降吉祥保佑，以感圣力护持。文末陈文烛记说，此图原为郭次甫所持，后示于陈文烛，呈献登封知县孙秉阳刻碑立于庙内。

碑阴刻明万历二年（1574 年）春，陈文烛撰书的《解五岳真形图，赠少林寺僧洪川广令歌》七言诗歌一首，行草字体，纤细流畅，碑文 9 行，满行 17 字。诗曰：

　　　夜坐不厌山中月，昼行不厌山中云。

　　　云飞月落兴无尽，披图指点岗峦分。

　　　此图真形号最古，天壤名山惟有五。

　　　芙蓉日观在东南，莲花仙掌开西土。

　　　太行峨峨碧玉间，一到嵩丘是中宇。

57

携来傍我亦有年，何人赠之郭次甫。

高僧况是惠远流，卜居它日谁为主。

好勒达磨第一峰，寒林夜半生风雨。

大《五岳真形之图》碑：位于中岳庙峻极门东掖门前青石踏步东侧，明万历三十二年（1604年）春二月刻立，由碑趺、碑身、碑首三部分组成，圆首方趺，通高3.75米，宽1.25米，厚0.32米。碑身最上部横额篆书"五岳真形之图"六个大字。其下为巡按河南监察御史方大美题写的《刻五岳真形之图跋》，跋文称"五岳图乃西王母授予汉武帝，藏之柏梁台[1]者也"，图碑万历甲辰年（万历三十二年，1604年）二月开始镌刻，三月三日刻成竖立，"是日也，云起二室之间，霞飞三柏之上，众羽人（道士）称有青鸟止于峻极殿，安知非王母感图而来耶"。再下按照五岳顺序，雕刻着象征东岳泰山、南岳衡山、中岳嵩山、西岳华山、北岳恒山形态的图录符号和霍鹏撰文的刻五岳图的原因碑文，霍文称"旧五岳图真君及主司某事，其文多不雅驯，予按诗书所载者，聊为删正文，庶使游五岳者知所佩服云"，每图下面有关于五岳名山所处地望位置、神主封号及姓名等内容。为使读者了解该碑全意，碑文附录如下：

五岳真形之图

刻五岳真形之图跋

嵩岳居天地之中，镇周藩而护燕都，为四岳所环拱。《诗》曰"嵩高维岳，生甫及申"是也。

万历甲辰春二月，予奉玺巡行周南，至于嵩岳，秩祀既毕，历览古碑，上刻五岳真形图。夫五岳图乃西王母授予汉武帝，藏之柏梁台者也。昔武帝登崇嵩，获駮鹿，从官咸闻呼万岁者三，辄令增祠加奉邑。今皇上德侔尧舜，陋汉武于下风。岁遣谕祭，想嵩岳之灵，将为国家生甫申，又为圣天子呼万岁。如瑞鹿之属，皆应备至。偶观此碑，狭而卑，殊不称尊崇五岳意，乃属藩左使霍君鹏，行封邑廓图式，易丰碑，创于仲春，成于上巳。是日也，云起二室之间，霞飞三柏之上。众羽人称有青鸟止于峻极殿，安知非王母感图而来耶！《易》曰："受兹介福于其王母。"此文谓也。故重八卦者衍龙图，绘五岳者赞鸿业。此区区所属望于诸岳牧，要不徒纪山川图书之盛也已。是为跋。

赐进士及第巡按河南监察御史皖人方大美书。

夫五岳于天地间为最大。故夏禹王获金简，汉武帝探王策，甚至慕容俊亦得珪璧于树下。岂以其有殷祀而为祥报耶！旧图叙五岳为真君及主司某事，其文多不雅驯。予按诗书所载者，聊为删正文。庶使游五岳者知所佩服云。

东岳泰山，在济南府泰安州。按降娄、云柯以负东海，其神主于泰山，岁星位焉。《诗》云"泰山岩岩，鲁邦所詹"是也。唐开元中封天齐王，至宋加天齐仁圣帝。或曰神姓圆，讳常龙，为天帝孙，世称蓬玄太空洞天，即稷丘君拥琴之处。

南岳衡山，在衡州府。按星纪鹑尾以负南海，其神主于

59

衡山，荧惑位焉。《书》云"岷山之阳，至于衡山"是也。唐开元中封司天王，至宋加司天昭圣帝。或曰神姓丹，讳灵峙，世称朱陵太虚洞天，即刘璘之采药之处。

中岳嵩山，在河南府登封县。按鹑火、大火、寿星、豕韦是为中州，其神主于嵩丘，镇星位焉。《诗》云"嵩高维岳，峻极于天"是也。唐开元中封天中王，至宋加天中崇圣帝。或曰神姓寿，讳逸群，世称上圣司真洞天，即太子晋跨鹤之处。

西岳华山，在华州华阴县。按鹑首实沈以负西海，其神主于华山，太白位焉。《书》云"八月巡狩至于西岳"是也。唐开元中封金天王，至宋加金天顺圣帝。或曰神姓浩，讳郁狩，世称太极总玄洞天，即卫权卿骑鹿之处。

北岳恒山，在定州曲阳县。按大梁析木以负北海，其神主于常山，晨星位焉。《书》云"大行恒山，至于碣石"是也。唐开元中封安天王，至宋加安天元圣帝。或曰神姓登，讳僧，世称太乙总玄洞天，即殷昌容食蓬蒌之处。

清乾隆十五年（1750年）十月初二黎明，弘历皇帝亲至嵩山中岳庙躬行礼祭嵩岳大典，行三献礼，所用铜铸大鼎炉、铜铸方形大蜡台、铜铸方形大花瓶、铜铸小鼎炉、铜铸方形小蜡台、铜铸方形小花瓶等10件祭岳礼器的器身前后两面均铸有五岳真形图，图形皆依古制，为西王母授予汉武帝的五岳真形图册，既符合祭祀中岳礼制，又庄重大方规整，不僭逾皇家礼祭制度。乾隆皇帝致祭中岳礼成，这套礼器留用嵩山，一直使用至今。

赐封将军柏与夜梦李少君共上嵩山

汉武帝刘彻赐封嵩阳书院将军柏和夜梦李少君共上嵩山的故事，流传很广，很多古籍均有记载，故事情节奇异，古往今来吸引了很多游客。

西晋张华《博物志》记载："柏封于汉武帝，曰大将军。"明傅梅《嵩书》云："嵩阳宫前有古柏三株，其大者七人合抱，量之得三丈；二树稍次之，各亦不下二丈。相传汉武帝封为三将军，然不见书传也。"明董斯张《广博物志》云："嵩山嵩阳观东，古柏五株，积翠婆娑可爱，中有一株尤大，一石刻曰'汉武帝封大将军'。"《说嵩》引明张鼎思《五色线集·琅邪代醉编》曰："嵩山天封观有古柏三株，武后封五品大夫，荫百余步，俗云大、小将军。"

通过上述史籍记载可知，汉武帝赐封将军柏的说法，西晋以前已经较为流行，但《汉书》没有记载。唐代古柏有五株，汉武帝只封最大的一株古柏为"大将军"。张鼎思称嵩山只有三株古柏，另两株当久已不存。明代还出现过武则天封五品大夫柏的说法。不过，汉武帝封嵩山三株古柏为大将军、二将军、三将军的传说雏形在明代已经形成，清代更趋完善，在嵩山地区已经广为流传。清康熙年间张汉《耿少詹逸庵先生教思碑》记载了汉武帝赐封三株古柏在嵩阳书院的具体位置，并说明三将军柏毁于明代末年。

碑载：

> 嵩山之麓，有三古柏焉，相传汉孝武所封树。孝武之世，柏之年已老，于今又二千年，后人就柏置嵩阳书院，其一在后庭，一再前庭，俱完好无恙，一在门外，毁于明末，而根株绝。

不过，关于三将军柏毁佚年月，也有不同说法。清康熙十三年（1674 年）叶封、焦贲亨编纂成书的《嵩山志》记载：

> 汉封三柏在嵩阳宫，大者七人围，次六人围，又次五人围，相传汉武帝封为三将军。其五人围者，国朝康熙六年十一月毁于火。

嵩阳书院保存数首古人咏题汉封三柏的诗赋，著名的有明隆庆三年（1569 年）秋七月，河南巡按御史蒋机《汉封三柏》五言律诗。诗曰：

> 三柏寿且奇，托根嵩之坡。
> 昔沾汉雨露，今镇明山河。
> 雷吼虬龙舞，霜清猿鹤多。
> 丁令威过此，千祀共摩挲。

明万历四十八年（1620 年）进士、登封知县刘余祐《题汉封三柏》七言诗。诗曰：

> 铁杆高擎日月多，沧桑迭变几经过。
> 汉皇封汝身应老，记得生时何代么。
> 将军迥立天苍苍，一胆浑身拒雪霜。

主驾只教开壁入，肯容余孽近山岗。

雄躯小大各成围，安用兵戈始见武。

一似桃园三缔结，不分胎土誓同归。

风雨入提千与沐，神威卫国许谁知。

不劳鸣啼天山外，自有天王爵赠伊。

明崇祯二年（1629年）春，易水（今河北易县）郝弘猷等人把汉封三柏的形貌刻在三通石碑上，三株古柏图碑刻成时间不长，三将军柏即毁于火，图碑成为珍贵的三将军柏图文资料。通过观看图碑可知，二将军柏最大，大将军柏次之，三将军柏最小。三将军柏图碑上有郝弘猷题记：

嵩之麓有三柏焉，始不可考，汉武封禅时，爵为将军，迄今大者围三十五尺，苍干盘曲，势若游龙；次围二十五尺，纹理细腻，润枯相半；三围二十尺，枝叶森秀，体貌独全。鼎生山阳真可观也。愚创为图，令考古者知柏之有寿如此。

1959年9月登封县人民文化馆编印的《中岳嵩山名胜古迹介绍》（宫熙撰文），和1961年7月郑州市文物志编辑委员会编印的《郑州市文物志》（宫熙撰文）中，均有"嵩阳书院内有汉前的古柏三株，西汉元封元年（前110年）武帝游嵩岳时，因见柏树高大茂盛，遂封为大将军、二将军和三将军。三将军柏于明代末年被火烧毁，现在仅存大将军柏和二将军柏两株了"的叙述。20世纪70年代末，嵩山民俗文化学者韩有治等人搜集整理的《汉封三柏》传说故事，在民间传说的基础上，用通俗易懂的文学语言进行了再创作，记述了汉武帝刘彻游嵩山"先入为主，大柏树封号给的小，小柏树封号给的大"的"颠倒赐封"过程。

汉武帝夜梦与李少君共上嵩山一事，可见《汉武帝外传》。李少君，字云翼，齐国临淄人。西汉著名方士，因懂得祭祀灶神求福和长生不老的方术得到汉武帝的尊重。李少君曾经和武安侯田蚡一起宴饮，座上有一位九十多岁的老人，李少君问老人的姓名，老人说了姓名后，李少君说："我曾经和你的祖父一起夜里游玩宴饮过，那时你很小，跟你祖父在一起，所以我才认识你。"在座的人听了李少君的这番话都很惊奇。有一次，李少君看见汉武帝有一件旧铜器，就对武帝说："我认识这件铜器，春秋战国时的齐桓公曾把它摆在自己的床头。"汉武帝听李少君这么一说，就细看铜器上刻的文字，果然是齐桓公时期的铜器，从而知道李少君已经活了几百岁了。但李少君看上去只有五十来岁，脸色红润，皮肤很光滑，牙齿像少年人那样整齐。有一天夜里，汉武帝梦见和李少君一起登河南登封的嵩山，半路上有个神仙拿着旌节骑着龙从云中降下来，说："太乙真人请李少君去。"汉武帝惊醒了，立刻派人打听李少君的消息，并且告诉亲近的大臣说："我昨夜梦见李少君离我而去了。"次日，李少君病重时，武帝去探视，并让人把李少君炼仙丹的秘方记下来，李少君还没说完就死了。武帝说："李少君不会死，他是登了仙界。"刚要入殓，李少君的尸体忽然不见了，衣服连扣子都没有解开，好像蝉蜕一样。汉武帝更加后悔，恨自己没有向李少君讨教更多的方术。

《汉武帝外传》中记载的原文：

其夜，武帝梦与少君俱上嵩高山，半道有绣衣使者乘龙持节，从云中下，言："太一请少君。"武帝觉，即遣使者问少君消息，且告近臣曰："如朕梦，少君将舍朕而去矣。"明日，少君临病困，武帝自往，并使左右人受其方书，未竟而少君绝。武帝流涕曰："少君不死也，故作此去耳。"既殓之，忽失其所在。中表衣带不解，如蝉蜕也。于是为殡其衣物。

结　语

综上所述，汉武帝刘彻嵩山行迹主要由四类文化和自然遗产组成，一是《汉书·武帝纪》《史记·孝武本纪》等史书记载的遗迹名称，如万岁观、万岁亭、崇高县城、万岁峰、启母石、太室祠等；二是地方史志如明陆柬《嵩岳志》，明傅梅《嵩书》，清叶封、焦贲亨《嵩山志》，清景日昣《说嵩》《嵩岳庙史》，清洪亮吉、陆继萼编纂《登封县志》，清席书锦《嵩岳游记》等记载的汉武帝莅嵩寻仙迹的道路、山峰、村落地名等，如武帝登嵩山御道、遇圣峰、青童峰、黄盖峰、会仙峰、玉人峰、玉女峰、三台山、玉女台等；三是《五岳真形之图》碑和五岳真形图礼器，碑载此图系西王母授予汉武帝而流传后世，是镇凶辟邪的吉祥符篆；四是与汉武帝密切相关的民间传说的物质载体，如嵩阳书院武帝赐封的将军柏、武帝夜梦与方士李少君共上嵩山的御路等，虽然《汉书》无载，但《汉武帝外传》、西晋张华《博物志》、明董斯张《广博物志》、明张鼎思《五色线集·琅邪代醉编》等史籍，诸多地方史志及大量碑文中均有记述。

汉武帝巡游祭祀中岳，是嵩山发展史上一件增光添彩的重大事件。史籍中有关武帝游嵩的记载文字极简，只有时间、地点等内容，且出处零乱，呈碎片化，不系统。本文在集中叙述武帝嵩山行迹时，凡是与汉武帝有关的文化与自然遗产本体，皆爬梳史料，厘清其历史沿革和保存现状，探寻总结其特有的历史价值、文化价值、文学价值和观赏价值。一览此文，即可了解武帝嵩山之行的整个过程，亦可弥补地方史志的空白或不足。

注释：

[1] 柏梁台，汉武帝建于元鼎二年（前115年），在长安城未央宫内。

唐高宗李治、武则天与嵩山

唐高宗李治（628—683 年），字为善，是唐太宗李世民第九子，唐朝第三位皇帝。贞观十七年（643 年），李治 16 岁，被册封为皇太子。贞观二十三年（649 年），李治 22 岁，唐太宗去世，六月一日太子李治即位，是为唐高宗。弘道元年（683 年），李治十二月去世，终年 56 岁，在帝位 35 年。

武则天（624—705 年），本名武曌。14 岁入后宫，为唐太宗的才人。太宗死后，入感业寺为尼。唐高宗即位后，被召回宫中，封昭仪。永徽六年（655 年），武则天 32 岁，这年十月，高宗下诏，立武则天为皇后。上元元年（674 年），武则天 51 岁，这年八月，高宗称天皇，武则天称天后，开始参与朝政。高宗去世后，武则天以皇太后身份，在唐中宗李显、唐睿宗李旦朝临朝称制。天授元年（690 年），武则天 67 岁，这年九月改唐为周，自称圣神皇帝，降睿宗为皇嗣，开启武周女皇岁月。神龙元年（705 年），武则天 82 岁，同年十二月，崩逝于上阳宫。

高宗和武则天多次幸游嵩山，留下众多文物史迹。

游嵩行迹

高宗偕则天皇后幸游嵩山 4 次；武则天幸临嵩山 9 次，其中随高宗至嵩山 4 次，称帝后莅嵩 5 次。根据《旧唐书》《新唐书》《资治通鉴》和嵩山现存唐碑的记载，兹胪列如下：

咸亨三年（672 年），高宗 45 岁，武则天 49 岁。这年正月，高宗偕则天皇后驾临嵩山少林寺，高宗用"飞白体"写下"金刚波若波罗蜜经" 8 个大字。

永隆元年（680 年），高宗 53 岁，武则天 57 岁。春二月，高宗偕则天皇后、太子李显来到嵩山，至处士田游岩、道士潘师正住宅。

弘道元年（683 年），高宗 56 岁，武则天 60 岁。春正月，高宗、则天皇后至嵩山奉天宫，至少林寺。遣使祭嵩岳、少室山。武则天写《从驾幸少林寺》诗。

弘道元年（683 年）冬十月，高宗、则天皇后车驾幸嵩山奉天宫，准备登封中岳，命太子李显留守东都。十一月高宗病重，下诏罢来年封嵩山。同月还东都。

天册万岁元年（695 年），武则天 72 岁。这年腊月，则天皇帝举行登嵩山封禅盛典，改元万岁登封。改嵩阳县为登封县，改阳城县为告成县。礼毕，加封中岳神为"天中黄帝"，天灵妃为"天中黄后"。这是中岳嵩山神首次被封为帝，也是五岳中首位被封为帝的岳神。

圣历二年（699年），武则天76岁。春二月，则天皇帝幸嵩山，过缑氏，谒升仙太子庙。途中患病，遣阎朝隐往少室山祈祷。《资治通鉴》载："二月己丑，太后幸嵩山，过缑氏，谒升仙太子庙。壬辰，太后不豫，遣给事中栾城阎朝隐祷少室山，朝隐自为牺牲，沐浴伏俎上，请代太后命。太后疾小愈，厚赏之。丁酉，自缑山还。"《旧唐书》载："戊子，幸嵩山，过王子晋庙。丙申，幸缑山。丁酉，至自嵩山。"《新唐书》记载："二月己丑，如缑氏。辛卯，如嵩阳。丁酉，复于神都。"

久视元年（700年），武则天77岁。这年腊月，则天皇帝幸嵩山。春一月还神都。在嵩山南麓告成石淙河建三阳宫。

久视元年（700年）夏四月，则天皇帝幸嵩山石淙河三阳宫避暑，五月十九日，则天皇帝在石淙河会宴群臣，武则天吟诗并作序，诸臣和诗者十六人。薛曜奉敕正书刻石。五月服僧人胡超所制长生药，改元久视。秋七月还神都。返都前令胡超到嵩山主峰峻极峰投献《除罪金简》。

长安元年（701年），武则天78岁。夏五月，则天皇帝幸三阳宫。秋七月，还神都洛阳。

除上述高宗、武则天游嵩行迹外，武则天还多次遣使祭祀和诏封中岳嵩山。如垂拱四年（688年）四月，武则天改嵩山为神岳，封中岳神为"天中王"，修建天中王庙。这是嵩山神第一次被封为王，也是五岳中最早被封王的岳神；如意元年（692年），武则天遣金台观主马元贞前往中岳庙祭祀嵩山；天册万岁元年（695年），武则天加封中岳，尊岳神天中王为"神岳天中皇帝"。岳神配偶天灵妃为"天中皇后"，并下诏预祭嵩山少室山庙和启母庙。

游嵩遗迹

嵩山保有高宗李治和武则天游嵩遗迹至少8处，分别考述如下。

《大唐天后御制诗书》碑：唐永淳二年（683年）九月刻立，碑高1.49米、宽0.63米、厚0.19米，武则天撰文，王知敬正书，碑文18行，行满26字，字径2厘米。碑首雕造四龙盘顶，表现了盛唐石雕特色。碑额刻"大唐天后御制诗书"8字，两竖行，每行4字，篆书，字径5厘米×3厘米。碑文是永淳二年（683年）正月，武后随高宗李治幸游嵩山少林寺，见"先妃营建之所"，睹物思人，伤感作诗与序，又见先妃"净业重修之所"尚未完工，悲惊作书，继续给予"金绢等物""终此功德"。该碑原在少林寺山门内东侧马道中，1984年移立少林寺碑廊，碑文上部风化严重，字尚能识。根据近年新拓拓片，整理碑文，附录如下：

大唐天后御制诗书

大唐天后御制诗一首并序，五言。

从驾幸少林寺，睹先妃营建之所，倍切茕衿，逾凄远慕，聊题即事，用述悲怀。

陪銮游奈苑，侍赏出兰闱。云偃攒峰盖，霞俉插浪旗。日宫疏涧户，月殿启岩扉。金轮转金地，香阁曳香衣。铎吟轻吹发，幡摇薄雾霏。昔遇焚芝火，山红迤野飞。花台无半影，莲塔有全辉。实赖能仁力，攸资善逝威。慈缘兴福绪，于此馨归依。风枝不可静，泣血竟何追？

大唐天后御制书一首。

暑候将阑，炎序弥溽，山林静寂，梵宇清虚。宴坐经行，想当休念。弟子前随凤驾，过谒鹫岩，观宝塔以徘徊，睹先妃之净业。熏修之所，犹未毕功，一见悲惊，万感兼集。攀光宝树，载深风树之哀；吊影珠泉，更积寒泉之思。弟子自惟薄祜，镇切茕怀，每届秋期，倍轸摧心之痛；炎凉递运，逾添切骨之哀。未极三旬，频钟二忌。恨乘时而更恨，悲践露而愈悲。惟托福田，少申荒思。今欲续成先志，重置庄严，故遣三思赍金绢等物，往彼就师平章。幸识斯意，即务修营。望及讳辰，终此功德。所冀馨斯诚恳，以奉津梁。稍宣资助之怀，微慰茕迷之绪。略书示意，指不多云。

永淳二年九月廿五日司门郎中太孙咨议王知敬书。

碑文中的"先妃"是武则天生母杨氏，咸亨元年（670年）

九月十四日薨逝，到永淳二年（683年），杨氏已去世13年，所以碑文中有"每届秋期，倍轸摧心之痛；炎凉递运，愈添切骨之哀"，是言时间太久。武则天此次随高宗赴少林寺的具体时间，也是则天母亲杨氏的忌辰，此碑并非"奉诏""奉敕"所立，而是"少林寺僧书此上石，以崇奉天后之御制，为本寺增宠也"。碑所刻诗，与《唐音统签》（以下简称《统签》）参校，有不同。如"柰苑"，《统签》作"禁苑"；"迤野飞"，《统签》作"连野飞"，注云"一作匝"；"善逝威"，《统签》作"世"；"馨归依"，《统签》注"馨，一作欲"。诗文有不同者，当以此碑为准。此碑和《大唐天后御制愿文》碑为同时刻制而成。

《大唐天后御制愿文》碑：唐永淳二年（683年）九月刻立，碑首四龙盘顶，龙体浑圆，碑已残，武则天撰文，王知敬楷书，字径1.5厘米。宋赵明诚《金石录》有"唐天后发愿文，王知敬正书，永淳二年九月立"的记载。清初叶封《嵩阳石刻集记》记录登封石刻五十余种，却无"天后发愿文"。清姚晏《中州金石目》记录登封碑刻148通，亦无"天后发愿文"的记载。碑阴刻有宋"宣和己亥（1119年）四月九日"题记一则，据此推知此碑应是毁于宋代以后。1976年5月，在少林寺慈云堂旧墙基石中发现"大唐天后御制愿文"残石，经开封地区文物管理委员会、登封县文物保管所清理发掘，妥为保管，1992年移立少林寺碑廊。今碑体风化，字迹较为模糊，勉强可识。现碑残高0.78米、宽0.66米、厚0.18米，碑额刻"大唐天后御制愿文"8字，两竖行，每行4字，篆书，碑文共 25 行，每行残留文字 3—8 字，文义为武则天随高宗游少林寺，通过佛教礼仪为已亡故的父母祈福等事情。根据近年新拓拓片，整理碑文，每行碑文前加标顺序号：

大唐天后御制愿文

1. 大唐天后御制愿文……

2. 窃以觉路冲玄，理绝……

3. 于宝偈，义在难闻，故……

4. 大云而写润，庆洽人……

5. 先考工部尚书，荆州……

6. 一，升荣鹤鼎，燮理……

7. 先妣忠烈太夫人……

8. 擅于寰中，响蔼丹……

9. 怀弥切，濡霜践露……

10. 尊灵，少申迷恩……

11. 先慈往昔，托想……

12. 今此寺奉为……

13. 法鼓载惊，逸响均……

14. 供而严净，莲台降……

15. 弘斯福祐，奉翊……

16. 净居而宴坐，永……

17. 深经，咸归圣果……

18. 盖闻山万仞……

19. 云列砌，石镜将……

20. 情切茹荼，时既……

21. 仙驾，敬览招提……

22. □用虔诚，净刹广……

23. 各一铺，凭兹胜善……

24. 般若之舟，同践菩……

25. 永淳二……

根据该碑保存现状，残碑是原碑的上半部分，高度为原碑的三分之一左右。残碑碑文第 4 行所言之"大云"，当指《大云经》，即为后来武则天改元称帝（天授元年，690 年）提供"合法性"的依据。据《旧唐书》《新唐书》《资治通鉴》等诸多史籍记载，载初元年（689 年）七月，也就是武则天正式登基称帝的两个月之前，薛怀义和法明等上《大云经》，言经中有女主受命之符，这是武则天称帝的依据。由《大唐天后御制愿文》碑的记载可知，武则天在唐高宗李治生前，应已归心于《大云经》了。这是武则天本人最早提及《大云经》的文字。

二祖庵无名砖塔：位于二祖庵大殿后 20 米处的台地上，坐北面南，平面方形，单层单檐亭阁式砖塔，塔高 5.8 米，塔基、塔身下部残损严重。塔刹砌砖多已散乱，塔顶石刹有佚失构件。塔身南壁辟半圆拱券门，施单层券砖，无伏砖，门高 1.18 米、宽 0.75 米，门内为塔心室。门上嵌砌青石塔额，额石高 38 厘米、宽 51.5 厘米、厚 8.4 厘米，风化龟裂残损严重，约五分之二的额石已不存，残存文字多不能句读，幸建塔时间等额文尚存，即"大周万岁登封元年丙申""天册金轮圣神皇帝皇嗣造"。"天册金轮圣神皇帝"是天册万岁元年（695年）九月，武则天的尊号；"皇嗣"即李旦。通过残存文字可知，该塔建于武则天万岁登封元年（696年），为天册金轮圣神皇帝武则天和皇嗣李旦所造。

大周封祀坛：位于登封市区中岳大街西端万羊岗顶。《旧唐书·则天皇后本纪》载："万岁登封元年腊月，甲申，上登封于嵩岳，大赦天下，改元，大酺九日。丁亥，禅于少室山。"

《封祀坛碑》：全称《大周封祀坛碑并序》，在登封市区中岳大街西端万羊岗顶大周封祀坛遗址上，圆首方趺，碑早倒伏，碑趺分离，碑身被土掩埋，碑高4.45米、宽1.50米、厚0.62米，额题篆书"大周封祀坛碑"6字。因立碑之年月早毁，故前人著录中，对其纪年有"天册万岁元年""登封元年"或"万岁登封元年"等多种说法。武则天来登封嵩山举行封禅大典是"天册万岁"年，礼毕改元"万岁登封"，故为"万岁登封元年"刻立较妥。武则天的侄子武三思撰文，薛曜书丹，但薛之姓名早已不存。碑文为楷书，37行，每行71字，首行题曰"大周封祀坛碑并序"。因碑身下部剥蚀，每行仅存40字左右。文中有武则天新制之字。

天册万岁元年，武则天下令在登封县建有登封、封祀二坛，同年腊月带领百官来此举行封禅大典，初一到嵩岳太室山中峰上的登封坛行祭天之礼，礼毕亲自撰文刻立《大周升中述志碑》于峰顶。然后于初三来到少室山下的封祀坛行祭地之礼，礼毕命武三思和薛曜撰书了此碑，立于坛上。碑文剥落较多，从现存部分看，其大意可概括为以下四点。

第一，首论天地的重要和历代国君对封禅大典的重视。说天地可"张三光，而列五岳"，是"皇帝大宝"。自伏羲、神农、黄帝等传说中的部落联盟首领直至商汤等国君，举行过封禅典礼的就有"七十二人"。

第二，列举各种所谓祥瑞的景象和阐述举行封禅典礼的作用。如说"祥龟负字悬符，启夏之征；瑞马呈图，豫送开虞之兆"等等，以说明封禅可以"仰通上帝之境，俯枕中枢之甸"，可以"建显号而施尊名"，还可以使"皇猷永固""帝祚长隆"。这些都是宣扬"君权神授"的实例。

第三，描绘封禅典礼的盛大规模和庄重肃穆的气氛。典礼之日"万骑齐驱，拥浮云而腾转电""帐殿贲山，钟鼓沸天中之邑；圣皇迺端瑞斑，降雕舆，率百辟而虔肃""烟云动色，标绝迹于千年；雷雨流恩，洽殊私于万类"，这样的华贵排场，古今罕见。

第四，颂扬武则天的功德，赞美其执政时的升平景象。诸如说武则天临朝以后，"皇威远举""万方翘首""烟尘息，九区静，文轨同而万方泰"。武则天在维护国家统一方面确有贡献。

这次封禅典礼，时值隆冬腊月，本是寒风凛冽、草木凋零的景象，可是撰文人武三思以其丰富的想象、瑰丽的辞藻，把自然界和人类社会、天上和人间融合在一起，使人们看到的完全是一幅微风拂面、万木争荣的春天图景，一个太平的社会和一个瑰丽的神仙世界。

薛曜所书此碑，与他所书的《夏日游石淙诗并序》和《秋日宴石淙序》两碑的字体相比，其结构更为遒密，堪称薛书之上品。

《夏日游石淙诗并序》摩崖碑：此碑在登封市区东南20公里石淙河车厢潭北石崖上，久视元年（700年）三月十九日刻，高3.65米、宽3.70米，女皇武则天及其16位从臣撰文，薛曜书丹，楷书，39行，每行42字，分三层写刻：上层首行题"夏日游石淙诗并序"，其后为薛曜的衔名、姓名，再后为武则天的诗序和一首诗；中、下两层为16位从臣的诗各一首。末行为刻碑年月。文中有武则天新制之字。碑面上部有成排的洞眼24个，可证曾筑有穿杆搭檐，以遮蔽风雨。碑文绝大部分完好。

石淙河又名平乐涧，发源于嵩山东麓的九龙潭，流至告成镇以东5里处汇集成潭。此处两岸峰峦叠翠，石壁如切，壁上多洞穴，河水冲击，淙淙有声，故名"石淙河"。河底多巨石，其中一大者，上平而广，可坐二十多人。圣历三年（700年）正月在这里建三阳宫；四月武则天到石淙河三阳宫避暑；五月武则天病愈，在石淙河中那块巨石上设盛宴大宴从臣，武则天即兴作诗，命从臣奉和，后人称为"石淙会饮"。诗成，武则天又亲自作序，命薛曜书丹，令工匠将序文和17首诗镌刻于崖壁上。借由"石淙会饮"营造出盛唐时期君臣之间、君士关系的和谐气氛。碑成之五月，已改元久视，故碑末纪年称久视元年。

武则天所作序文曰：

若夫圆峤方壶，涉沧波而靡际；金台玉阙，陟县圃而无阶。唯闻山海之经，空览神仙之记。爰有石淙者，即平乐洞也。尔其近接嵩岭，俯届箕峰，瞻少室兮若莲，睇颍川兮如带。既而蹑崎岖之山径，荫蒙密之藤萝。泂涌洪湍，落虚潭而送响；高低翠壁，列幽洞而开筵。密叶舒帷，屏梅氛而荡燠；疏松引吹，清麦候以含凉。就林薮而王心神，对烟霞而涤尘累。森沈丘壑，即是桃源；淼漫平流，还浮竹箭。纫薜荔而成帐，耸莲石而如楼。洞口全开，溜千年之芳髓；山腰半坼，吐十里之香粳。无烦昆阆之游，自然形胜之所，当使人题彩翰，各写琼篇。庶无滞于幽栖，冀不孤于泉石。各题四韵，咸赋七言。

武则天所作诗曰：

三山十洞光玄箓，玉峤金峦镇紫微。

均露均霜标胜壤，交风交雨列皇畿。

万仞高岩藏日色，千寻幽涧浴云衣。

且驻欢筵赏仁智，雕鞍薄晚杂尘飞。

这16位从臣是：李显、李旦、武三思、狄仁杰、张易之、张宗昌、李峤、苏味道、姚元崇、阎朝隐、崔融、薛曜、徐彦伯、杨敬述、于季子和沈佺期。他们的诗多颂扬则天皇帝的英明，表明自己的忠心，描绘石淙河的胜景和抒发赴宴之欢畅心情等。

武则天在石淙河宴请群臣一事，两唐书俱未载之，此碑可补其阙。从臣所作的诗，已收入清人所编的《全唐诗》中，刻印本中文字稍异之处，可据碑文予以勘正。

碑文书者薛曜，为唐代书坛一大家。其书学褚遂良而少变其面貌，较褚书更为险劲。杨守敬在《平碑记》中说其"书法瘦劲奇伟，郭兰石谓'为宋徽宗瘦金体之祖'，良是"。其书法刻石存世的，除此碑外，还有和此碑隔河相对的《秋日宴石淙序》及登封市区万羊岗顶的《大周封祀坛碑并序》，别的就很难见到，故而十分珍贵。

此碑因刻于河谷崖壁，下临深潭，拓印不易，所以直到清康熙初年叶封任登封知县时，才首先著录于所作《嵩阳石刻集记》中。此后顾炎武《金石文字记》、朱彝尊《曝书亭金石文字跋尾》、林侗《来斋金石刻考略》、毕沅《中州金石记》、王昶《金石萃编》和陆增祥《八琼室金石补正》等著作也都有著录。

崇唐观：永隆元年（680年）二月，高宗偕武后、太子李显幸嵩山，到逍遥谷拜谒著名嵩山道士潘师正，甚尊敬之，高宗敕令在潘师正所居建造崇唐观，崇唐观的南门在逍遥谷南口，名叫"仙游门"，北门在苑北置"寻真门"，"皆为师正立名焉"。清洪亮吉《登封县志》载："旧志作隆唐观，在逍遥谷，唐高宗调露中建，今观废。按观盖本名隆唐，后避玄宗讳改。"崇唐观现存老君殿一座，清代建筑，面阔三间，进深六架椽，硬山式琉璃瓦顶出前廊，殿内砖柱上浮雕人物、禽兽、古塔等图案。殿内正中有老君石造像一尊，通高2.8米，饰发髻，面部丰满，神态沉静，安详自若，呈说法状端坐于莲花须弥座上，须弥座上浮雕伎乐人，座上方刻有隶书铭文"大周隆唐观敬造元始天尊像并左右二真人，长寿二年十月十五日毕功谨记"。"长寿"为武则天时期年号，即造像的年代为693年，是中国现存时代最早的老君石造像，尤其是有确切纪年，使其更加珍贵。

老君殿旁，保存碑碣3通。其一为王徵君临终口授铭，全称《大唐中岳隐居太和先生琅耶王徵君临终口授铭并序》碑，唐垂拱二年（686年）孟夏四月刻立，圆首，跌佚，碑高1.60米、宽0.64米、厚0.21米，额题"唐王徵君之碣"6字，篆书，字径5厘米×5厘米至9厘米×7厘米不等。碑文由王徵君弟子王绍宗甄录并书，20行，满行40字，楷书字体，字径1.5厘米。碑仍完好。王绍宗，官至秘书少监，尤工草隶，其书端雅可观，为世所称。此铭楷法圆劲，结体似褚遂良，锋颖不露，确为唐刻佳品。杨守敬《平碑记》云："绍宗两代工书，自拟永兴（虞世南），可观其作，果是妙笔，其结体则易方则扁，可谓独树一帜。"

其二为潘尊师碣，全称《唐默仙中岳体玄先生太中大夫潘尊师碣文并序》，圣历二年（699年）刻立，已残断为两截，合拢亦不完整。方形碑跌尚存，斜置碑侧，两截碑身残高3.10米、宽1.05米、厚0.32米，王适撰文、司马承祯书丹。碣文隶书，32行，字径2厘米。上截碑额20字，仅识"唐默仙中岳体玄先生"9字，篆书，字径14厘米×11厘米。潘尊师即潘师正，唐代嵩山隐居道人，居住逍遥谷二十余年，唐高宗及武后幸嵩山专程拜谒问询长寿之法，并为其赐建崇唐观。卒后，高宗赐谥号"体玄先生"。《说嵩》评说："师正弟子司马承祯，碣为承祯无疑，用笔稍肥，然姿致遒劲，文亦清丽可诵。"

其三为《重修老君堂金妆神像碑记》，清同治十三年（1874年）刻立。

2015年9月，国家文物局拨付崇唐观造像保护专项经费133万元。2020年10月至2021年7月，登封市文物局组织实施了崇唐观造像保护、大殿维修和环境整治等工程。

九龙潭武则天行宫与龙潭寺：清乾隆五十二年（1787年）版《登封县志》卷九载："邑东二十里，崖势左垂，悬崖下注为龙潭者九，迭相灌输，祷雨辄应。唐武后与太平公主，常驻跸游此，建离宫于峡口平坦处，开元中改为寺，因地接龙潭，即以龙潭名。"清《说嵩》卷四载："寺后右陟转折，倾仄上下。沿陡崖之唇，当石笋碍处，昔人斧凿迹犹存，当是武曌驻跸时所平治也。"九龙潭地处嵩山东麓，地势山岭环绕，九龙潭水曲流涮涂，聚水成潭，山道盘纡，修竹茂林，境更幽胜，为嵩麓盛景之最。酷夏凉爽，武则天同女儿太平公主游嵩山避暑于此，置离宫驻跸。武则天留有《游九龙潭》诗。诗曰：

山窗游玉女，洞户对琼峰。

岩顶翔双凤，潭心倒九龙。

酒中浮竹叶，杯上写芙蓉。

故验家山赏，惟有风入松。

白居易游嵩山九龙潭和龙潭寺后，留有《宿龙潭寺》《与诸道者同游二室至九龙潭作》《从龙潭寺至少林寺，题赠同游者》等诗数首。龙潭寺今仅存大殿一座，名中佛殿，重建于清乾隆四十八年（1783年），坐北面南，面阔三间，进深六架椽，单檐大式硬山建筑，灰筒板瓦覆顶，绿琉璃瓦剪边。殿的正脊、垂脊、戗脊均为清代绿琉璃饰件，正脊两端置大吻，西吻上部已残。正脊两面有高浮雕游龙、莲花等图案，四条垂脊两面亦饰凸起的莲花等图案。殿前檐下施三踩斗栱8朵，其中明间2朵，东西两次间各1朵，四根前檐柱头各1朵。后檐无斗栱。明间前面安装四扇隔扇门，东西两次间下碱墙各嵌置清乾隆四十八年（1783年）《重修龙潭寺中佛殿以及水陆六祖圣母山门碑记》一通，下碱墙上各安装四扇隔扇窗。后墙明间辟门，置两扇板门。东西两山墙，为清代砌筑的青砖墙。

中佛殿内外存放碑碣4通，其中2通镶嵌殿墙，1通放置院内，1通石碣放置殿内。

《重修龙潭寺中佛殿以及水陆六祖圣母山门碑记》两通，镶嵌在中佛殿东西次间前面下碱墙，清乾隆四十八年（1783年）十月龙潭寺方丈实云刻立，呈横长方形，长1.93米，高0.76米，碑载清乾隆四十八年嵩山地区的登封县、巩县、密县、禹州、许州等地数十村庄数百信士捐资重修龙潭寺功德主姓名和寺院十余僧名及辈分。

《重修中佛殿山门方丈祖堂客堂碑记》一通，倒放在中佛殿前,清同治三年(1864年)十月十五日龙潭寺方丈悟乐率众僧立石。圆首,趺佚,碑高1.08米、宽0.59米、厚0.11米,楷书,字径2.5厘米×2.5厘米,碑文16行,行满25字。碑载清同治初年登封县在城里、曲告里、王石里、金店里、大冶里、大唐里共施钱五佰仟整,重修龙潭寺中佛殿、山门、方丈室、祖堂、客堂等的经过。

石碣一通,倒放在中佛殿内,宽0.45米、高0.31米、厚0.09米,无刻碑年月,碑文镌刻人名。疑为塔铭。

2017年9月至2018年9月,登封市文物管理局使用郑州市文物局拨付的文物保护专项经费65万元,落架整修了龙潭寺中佛殿。

1982年5月,登封唐庄王河村村民屈西怀在嵩山峻极峰发现"武则天金简",该金简现存河南博物院,峻极峰巅"武则天金简"发现处成为近年人们游嵩寻访历史遗迹的常去之地。

佚失遗迹

嵩山佚失的高宗李治、武则天遗迹至少有20处,分别考述如下。

高宗少林寺飞白书:咸亨三年(672年)正月,高宗和则天皇后驾临嵩山少林寺,高宗用"飞白体"写下"金刚波若波罗蜜经"8个大字,经文由王知敬用正楷书写,刻于碑,字字贴金,号"金字般若碑"。永淳二年（683年），高宗以"飞白体"书写一"飞"字送少林寺。

奉天宫：是高宗和则天皇后幸临嵩山居住的行宫。唐王适《潘尊师碣文》碑云"乃降制命，以嵩阳观为奉天宫，苑接隆唐，地邻隐谷"。据《旧唐书》《资治通鉴》记载，永淳二年（683年）七月，敕令建造奉天宫。永淳二年正月和十月，高宗和则天皇后两次驻跸奉天宫。清洪亮吉《登封县志》卷十一载："天封观与嵩阳观近，在汉柏之右""嵩阳观、天封观为一地，盖二观旧址，本不相远，而此废彼兴，实通为一地。今嵩阳书院有汉柏，门外有唐李林甫嵩阳观纪圣德感应颂碑，侈陈孙太冲炼丹之术，观后有炼丹井。"据此可知，奉天宫是嵩阳书院的前身。

田游岩宅：田游岩，京兆三原人，有文才，永徽四年（653年）前后补太学生。时间不长以疾辞归，隐居嵩山。田游岩宅在奉天宫左，高宗营建奉天宫，下诏勿毁，御书榜其门曰"隐士田游岩宅"。高宗游嵩山，亲至其门，游岩山衣田冠出拜，帝令左右扶止。后入箕山。

登封坛：永淳二年（683年）七月高宗欲封禅中岳嵩山，诏令在嵩顶修筑登封坛，圆径五丈，高九尺。十月，高宗到嵩山，因疾病不得不终止封禅。到天册万岁元年（695年）腊月，武则天亲行登封之礼，礼毕大赦，改元万岁登封，改嵩阳县为登封县，改阳城县为告成县，以示登封嵩岳之礼，经营13年终于大功告成。

《大周升中述志碑》：万岁登封元年一月刻立，武则天撰文，睿宗李旦书丹，碑极壮伟，立于嵩山之巅，登封坛南侧。《说嵩》卷十四："《宣和杂录》曰：武后升中述志碑在嵩山，后自撰，睿宗书，极峻伟。政和间，河南守臣上言，请碎其碑，诏从之。"

朝觐坛与朝觐坛碑：万岁登封元年（696年）腊月武则天封禅嵩山，以嵩阳观为行宫，在行宫前筑朝觐坛，武则天在登封坛行祭天之礼、封祀坛行祭地之礼后，又二日，登上朝觐坛，接受诸臣及四周部族首领朝贺，共祝嵩山封禅大典圆满成功。坛旁刻立朝觐坛记碑，记述朝觐之事。《说嵩》卷十四载："武后见崔融《启母庙碑》文，嘉之，命作《朝觐坛记》，诏刻碑。今碑不存，而文亦无传，惜矣。"

三阳宫与武则天庙：三阳宫在告成镇东5里石淙河上，圣历三年（700年）正月武三思在嵩山告成镇石淙河建造而成，武则天于久视元年（700年）夏、大足元年（701年）夏两度幸临三阳宫逭暑，时间长达数月。长安四年（704年）正月武三思毁三阳宫，以其建材作兴泰宫于万安山。武则天庙在石淙河车厢潭北岸，"相传祈赛（祭祀酬神）亦著灵异"，清初庙已坍塌。

武则天母亲杨氏功德所和高宗功德所：据《大唐天后御制诗书》碑记载，武则天的母亲杨氏在少林寺营建功德所，直到去世还没有完成，后武则天派武三思送去金绢等，"终此功德"。据裴漼《皇唐嵩岳少林寺碑》记载，唐高宗"升遐"（去世），武则天在少林寺为高宗皇帝建功德所，后又派使者送钱修建上方普光堂。

武则天置嵩岳寺镇国金铜像：《说嵩》卷三"嵩岳寺"载："唐时武后扈从高宗幸嵩，以寺为行在所，造无量寿殿，置镇国金铜像于内。"又《说嵩》卷二十一载："金佛像武后名曰'镇国金佛'，护送于嵩岳无量寿殿，供奉焉。""无量寿殿在嵩岳寺，为礼忏诵念之场，武后护送镇国金铜像置焉。"无量寿殿已毁，遗址在嵩岳寺塔西岭上。

《大周降禅碑》：万岁登封元年（696年）二月刻，立于嵩顶，李峤撰文，相王李旦正书，早亡。《全唐文》卷二百四十八著录《大周降禅碑》碑文，碑文歌颂武周盛世、武则天的丰功伟绩和嵩山封禅的重大影响等。

《周封中岳碑》：武则天封中岳碑，薛稷书，万岁登封元年（696年）刻立。《金石录》卷四载："周封中岳碑，书撰人姓名残缺，类薛稷书，万岁登封元年。"又《金石录》卷二十五载："武后封中岳碑，已残缺，书撰人名皆不可考，然验其笔迹，盖薛稷书也。"碑早佚，立碑地点亦不详。

《敕还少林寺神王师子记》碑：清王昶《金石萃编》载："少林寺还神王师子记，石高三尺三寸五分，广二尺五寸，二十六行，行三十五字，正书，在少林寺。"《金石萃编》还著录碑文，碑载如意元年（692年），武则天迎接少林寺神像十五尊至宫中供奉，久视元年（700年）武则天下敕书送还少林寺神像。寺僧义奖上书贺神像归位少林。天宝十四年（755年），寺僧将武则天的敕书、僧义奖的贺书刻于石，嵌置东庑壁间。因碑小且非名笔，历代著录遗之，清顾炎武至嵩山少林寺访金石，始见之，著录于《金石文字记》。1928年被火焚毁。

《少姨庙碑》：少姨庙在少室山东麓，建于汉代，已废毁，仅余遗址，庙前汉少室阙尚存。调露二年（680年）二月，唐高宗李治偕则天皇后幸嵩山，亲谒少姨庙，敕令重修，命进士、补校书郎杨炯撰写《少姨庙碑》铭，沮渠智烈书丹。碑云："臣谨按少姨庙者，则《汉书·地理志》崇高少室之庙也。其神为妇人像者，则故老相传，云启母涂山之妹也。"该碑刻成立于永淳元年（682年）十二月。清叶封《嵩阳石刻集记》"纪遗"载："杨炯少姨庙碑，题文见嵩志，而石今无存者。"明《嵩书》、清洪亮吉《登封县志》等著录有杨炯《少姨庙碑》碑文。

《嵩山启母庙碑》：启母庙在太室山万岁峰下，建于汉代，庙早毁，仅余遗址，庙前汉启母阙尚存。调露二年（680年）二月，唐高宗李治偕则天皇后幸嵩山，至启母庙，观启母石，勒令重修启母庙，命崔融撰写重修碑铭，沮渠智烈书丹。宋赵明诚《金石录》卷二十四载："唐启母庙碑，崔融撰。"南宋《宝刻类编》卷二："启母庙碑，崔融撰，永淳二年正月立。"宋朱长文《墨池编》卷六："启母庙记，沮渠智烈书。"《说嵩》卷十四："唐高宗幸嵩山时，勒令重修启母庙，命崔融撰碑铭，今无存。"启母庙重修工程从调露二年（680年）春开工，历时3年，到永淳元年（682年）底竣工，永淳二年（683年）正月刻立《嵩山启母庙碑》。明嘉靖八年（1529年）《登封县志》卷四载有崔融所撰启母庙碑的碑文，碑文题目为"嵩山启母庙碑铭",载述启母事迹和功德。

《重修许由庙碑》:南宋郑樵《通志·金石略》载:"周许由庙碑,则天撰,相王旦书。《金石考》:大足元年。"永淳二年(683年)春正月,高宗偕武后幸临嵩山奉天宫,遣使至许由庙礼祭箕山。箕山位于嵩山之南,山上有许由墓、许由庙。大足元年(701年)夏五月,女皇武则天避暑石淙河三阳宫,撰写《重修许由庙碑》碑文,相王李旦书丹,碑立箕山许由庙。该碑早佚。

《武则天幸闲居寺碑》:嵩岳寺唐时名闲居寺,寺内刻立长安四年(704年)四月武则天撰文、王知敬书丹的诗碑。碑早佚,武则天诗文亦无存。该诗碑是武则天在嵩山遗迹中年代最晚的一处,时年武则天81岁。

结　语

纵观高宗、武则天游嵩遗迹,主要有四类:一是信奉佛教、道教的遗迹;二是拜访隐士、道教宗师的遗迹;三是封禅嵩山的遗迹;四是在嵩山避暑的遗迹。这些遗迹的形式或碑刻,或建筑,或土遗址,或自然山水,内容丰富多彩,反映了盛唐时期文化、政治、宗教、礼制活动的多样性。特别高宗、武则天时期,随着政治中心逐渐东移洛阳,尤其是武则天在改唐为周以后的求仙访道过程中,因为中岳嵩山地处京畿的特殊地理位置,武则天特别重视嵩山，多次幸驾中岳，还在这里成功举行隆重的封禅大典。在武则天的影响下，嵩山的宗教活动格外活跃，成为隐士们隐居修道的首选之地。在此情况下，嵩山成为当时全国宗教传播的中心地区之一。

僧一行与嵩山

　　僧一行（683—727年），唐代著名天文学家和佛学家，俗名张遂，魏州昌乐（今河南省南乐县）人。曾祖张公瑾是唐太宗李世民的大臣，到了张遂少年时，家境已经衰落。自幼聪敏好学的张遂，过目成诵，擅长历象、五行之学，年纪不大就已博览群书，学识渊博，在京都长安颇有名气。武则天称帝后，她的侄子梁王武三思"慕其学行，就请与结交"，借以抬高自己的身价。因为武三思性格跋扈，善于阿谀奉承，品行不端，张遂鄙其为人，不愿交往，又恐其加害，为避祸端，继续探研学问，遂于长安三年（703年），"出家为僧，隐于嵩山，师事沙门普寂"（见《旧唐书》）。一行从普寂习禅，最澄在《内证佛法相承血脉谱》中称其"每研精一行三昧，因以名焉"。北宋密教僧成尊《真言付法纂要抄》亦言一行"契悟无生一行三昧，因以名焉"，因此一行主要修习的是一行三昧，也由此得名一行。

僧一行是嵩山著名大德高僧之一，影响古今。

会善寺祝发

武周长安三年（703年），21岁的一行，在父母俱殁后出家为僧，师从"嵩山大照禅师，咨受禅法"。大照禅师即普寂（651—739年），俗姓冯，蒲州河东（今山西省永济市西）人，幼年即修学经律，为神秀弟子，长时间在嵩山阐扬禅法。卒年89岁，谥"大照禅师"。《无畏三藏禅要》中说，印度高僧善无畏与"嵩岳会善寺大德禅师一行和尚对论佛法，略述大乘要旨，顿开众生心地，令速悟道，及受菩萨羯磨仪轨"。由此可知，僧一行是在嵩山会善寺剃度为僧的。

《说嵩》载："一行师从普寂，逾时八载。"一行在嵩山会善寺习禅，神龙二年（706年），普寂的师父神秀入灭，四众"咸请一开法缘"，普寂不依"万人之请"，不愿开法，直到皇帝派武平一前来宣旨，才登坛传法，开启一行最佳学道时期。其间，一行在嵩洛诸伽蓝参学时还可能见过老安、玄赜等禅宗宗匠。《传灯录》曰："北宗神秀门人普寂，立其师为六祖，而自称七祖。"

一行学识甚广。普寂大师有次在会善寺举办大法会，前来参会者"数逾千众"，会前普寂大师请隐居嵩山的学者卢鸿"作文赞之"。法会开始，"鸿持文至寺，置于几案。钟梵既作，鸿谓寂曰：'某为文数千言，字僻词奥，盍选朗悟者面为指授。'"
卢鸿说罢，看着一行，微笑颔首。"寂乃令召（一）行。既至，
伸纸一览，复致几上。鸿怪其轻脱。俄而群僧会于堂，（一）行
抗音宣诵，一无遗漏。鸿愕视久之，谓寂曰：'非君所能教也，
当纵其游学。'"（见《嵩书》）

唐景龙四年（710年）三月，僧一行离开嵩山会善寺，先后
到湖北荆州、浙江天台山，再回荆州、长安等地游学。

唐开元五年（717年），一行奉敕入京，在之后的10年里，
他在参与翻译印度佛经的过程中，向印度僧人善无畏、金刚智两
位大师学习密法，并在协助善无畏翻译《大日经》时，撰辑了阐
释密宗理论的权威著作《大日经疏》二十卷。其后一行又拜西域
僧人不空为师，不空在其《金刚顶经大瑜伽秘密心地法门义诀》
中说："开元七年（719年），至于西京（洛阳），一行禅师求
我灌顶。"同时修习胎藏密法和金刚密法的一行将二者融为一体，
成为我国佛教密宗之祖。唐代时，密宗传法在嵩山会善寺很是兴
盛，从《嵩山会善寺碑》中记载的"印土僧来献龙宫之贯缍，梁
园起刹比鹫岭之开莲"中可窥见一斑。

创建嵩山戒坛

嵩山戒坛位于会善寺西墙外的半山坡上，由唐代僧人元同律

师、一行禅师创建，唐、五代、宋、金、元、清时期称为戒坛院，明代称为戒坛寺。坛的平面呈方形，四角立有石柱，柱的外面饰有天王浮雕，天王足下踏有鬼怪山水等像，即为柱础石。坛内置五佛塑像，故名"五佛正思惟戒坛"，亦称"琉璃戒坛"。思惟，佛教指佛在贝多树（三花树）下静思。因汉晋间高僧曾在嵩山西峰种有贝多树，一年开花三次，故以"五佛正思惟"命名。唐德宗贞元十一年（795年），陆长源《嵩山会善寺戒坛记》中描述了此戒坛："先是，有高僧元同律师、一行禅师，铲林崖之欹倾，填乳窦之窈窕，鬵玉立殿，结琼构廊，旃檀为香林，琉璃为宝地，遂置五佛正思惟戒坛。思惟者，以佛在贝多树下思惟，因名贝多为思惟。即三花之义在此。"由此可见该戒坛初建时的奢华和庄严。但碑文中没有提到创建戒坛的具体年代，元同律师生平亦不详，创建戒坛的时间只能从一行禅师的行迹中寻找。

一行在会善寺为僧的时间是武周长安三年至唐中宗景龙四年（703—710年），前后有8年时间，"从普寂咨受禅法"，他当时二十多岁，虽然在学界已有较高的知名度，但还不具备倡建戒坛这类大型宗教文化设施的影响力。唐玄宗开元五年（717年），一行奉敕从湖北荆州当阳山入西京长安，从事天文和宗教工作。开元十年（722年），一行随玄宗李隆基驾到东都洛阳，并留居东都，日常事务还是翻译《大日经》。嵩山位于东都京畿之内，会善寺又属嵩洛地区著名佛教活动中心之一，据此推算，一行禅师会同元同律师创建戒坛当在此时，即开元十年至十一年（722—723年）。

戒坛竣工伊始，每天都有数百人来此供佛，每年于此受戒者有千人之多，《嵩书》中说："岁成具戒者盈千，日受洁供者数百""灵山之内，寺为首焉""有琉璃坛兮镇梵宫"。这个"寺"和"梵宫"是会善寺，丛林之盛，甲于东都。

从元同律师、一行禅师创建戒坛到陆长源撰写《嵩山会善寺戒坛记》，中间又经历了七十余年，"自河洛烟尘，塔庙崩褫"，会善寺和戒坛损毁严重。

贞元十一年（795年），东都洛阳安国寺临坛大德乘如申述朝廷，得到唐德宗李适同意，命乘如和安国寺上座藏用，东都洛阳圣善寺行严，嵩山会善寺灵珍、惠海等大德高僧，主持修建会善寺和戒坛，开始"四时讲律"。"美殿塔之严丽，赏泉石之胜绝"景貌再现，令观者赞叹不已。戒坛重现"钟梵相闻，幡盖交荫"盛况。

到唐文宗大和初期，距离嵩山会善寺戒坛再次复兴已三十余年，这一时期的李唐朝廷对出家人管控非常严格，不许百姓随便剃度。日僧圆仁在《入唐求法巡礼行记》中这样记述：

大唐大和二年（828年）以来，为诸州多有密与受戒，下符诸州，不许百姓剃发为僧，唯有五台山戒坛一处，洛阳终山璃坛一处，自此二处，皆悉禁断。

从日僧圆仁的记述文字中可知，在唐武宗李炎毁佛的前期，一行等人创建的嵩山戒坛还是全国两大戒坛之一，"毁佛"行为对嵩山会善寺戒坛的影响不算太大。

五代朱梁建立之初，为了营建汴京宫门，曾撤去会善寺的许多建筑，其中也包括戒坛。因为戒坛石柱所镂神像有赤裸上身者，故未运走，幸得保留下来。

清代末年，"坛已圮，基仅存，四石柱刻天王像，横仆蔓草中"（见席书锦《嵩岳游记》），给人以荒凉落寂破败的景象。后又丢失两石柱。

1959年，经河南省文物主管部门同意，登封县人民文化馆负责文物保护的干部宫熙同志主持对戒坛遗址进行原状保护修缮，使之以清末的景貌保存到现在，并作为唐净藏禅师塔的组成部分成为全国重点文物保护单位。

护持恩旨至嵩山少林寺

武德九年（626年），少林寺都维那僧惠义"不闲敕意，妄注赐地为口分田"，偃师县徇署据此把武德八年（625年）二月十五日秦王李世民赐给少林寺的40顷田地登记为口分田，没有将原有的口粮田"常住僧田六十顷"作为少林寺的"田产"登记。官署如此办理，少林寺僧感觉大亏，"僧等比来，知此非理，每欲诉改"，开始常年上访，要求官府改正。从武德九年（626年）开始上访，到开元十一年（723年）冬天结案，时间长达97年。朝廷下发状牒至东都留守及河南府，将原有口分田60顷、秦王李

95

世民赐地 40 顷共计 100 顷，"从实改正""特敕还寺""附籍从正"，少林寺主慧觉代表众僧领取了"丽正殿牒"文。

为预防再次出现误报、错误登记朝廷赏赐田产属性的事件，官府要求少林寺僧把武德四年、武德八年、贞观六年、开元十一年等八次朝廷赏赐少林寺田地、水碾的敕书、调查牒文、落实田产的牒文等官方文书一一刻写在碑上，明明白白昭示大家。多件官方文书刻在一通碑上，由唐玄宗李隆基"爰降恩旨"，御书"太宗文皇帝御书"七字作为碑额，于开元十一年（723 年）十二月下旬，赐送嵩山少林寺镌勒碑石。对于这件事情，吏部尚书裴漼在《皇唐嵩岳少林寺碑》中作了如下记述：

> 以此寺有先圣缔构之迹，御书碑额七字。十一年冬，爰降恩旨，付一行师，赐少林寺镌勒。

唐开元十一年（723 年）十二月下旬，一行受唐玄宗李隆基委派，持玄宗御书"太宗文皇帝御书"七字碑额，护持恩旨至嵩山少林寺，由寺僧和地方官府经办，开元十六年（728 年）七月十五日，御碑勒竣，竖立于今天少林寺常住院内钟楼门前，现在碑文依然清晰可读，使我们完整地了解了一千三百多年前少林寺田产官司的始末。

编制《大衍历》

唐开元九年（721年），天文官使用《麟德历》多次预测日食不准确，玄宗命一行主持修编新历《大衍历》。

开元十一年（723年），一行委派太史监南宫说到嵩山南麓的阳城（今河南登封市告成镇）周公"土圭测景"的地方修建测景标准点，用于规范后期相关的测景工作。测景的标准点形制沿用周公土圭之制。在确立"天地之中"遗址处，有由两块巨大的青石雕造的"周公测景台"石圭表一座，这样既是对周公"土圭测景"的传统形制的纪念，又是对"八尺之表"和夏至日晷影长一尺五寸得到"天地之中"方法的系统展示。

开元十一年（723年）至开元十三年（725年），僧一行主持发起中国历史上第一次全国范围内的天文测量。测量地域北到铁勒（今蒙古国乌兰巴托西南哈拉和林遗址附近），南到交州（今越南中部地区），共13个地点，测量内容包括当地的春分、秋分、夏至、冬至的日影长度，北极高度，昼夜长短等。其中，通过对河南滑州白马、汴州浚仪、许州扶沟、上蔡武津四个地点的实测数据计算，一行推翻了"日影千里差一寸"的传统说法，得出了北极高度差一度，南北两地相距351里80步（唐代尺度，约合129.22千米）的结论，开创了世界上用科学方法实测地球子午线长度的先河。

开元十五年（727年），《大衍历》初稿编制完成，一行卒，年四十五岁，赐谥曰"大慧禅师"。开元十七年（729年），《大衍历》颁布实行，并一直沿用达800年之久。

为了纪念僧一行在天文学方面的成就，人们将1964年11月9日南京紫金山天文台发现的"小行星1972"命名为"一行小行星"（1972 Yi Xing）。

结　语

僧一行嵩山行迹，过去记述多有散乱。如唐李华所撰《玄宗朝翻经三藏善无畏赠鸿胪卿行状》和宋释赞宁的《宋高僧传》中都将一行身份写作"嵩山嵩阳寺僧"，原因是一行师"普寂住锡嵩阳寺"，仅《三藏禅要》中记述其为嵩山会善寺僧。结合嵩山佛教寺院现存文物，笔者认为僧一行是会善寺僧是正确的。因为嵩阳寺始建于北魏，隋代已改为嵩阳观，成为道教活动场所，唐代易为奉天宫，作为高宗和武则大幸临嵩岳的行宫。五代、北宋及其以后为嵩阳书院。也就是说，隋朝以后嵩山已无嵩阳寺，《宋高僧传》等文献中所述的"嵩阳寺"可理解为"嵩山之阳的佛教寺院"。此外，《嵩书》《说嵩》《嵩山志》等地方志皆有普寂师剃度于嵩岳寺，经常往来于嵩岳寺、会善寺、少林寺等嵩岳佛教名刹的记载，独不见嵩阳寺的只言片语。而会善寺现存的唐《嵩山会善寺戒坛记》碑、宋《嵩山会善寺碑》等碑刻中可见关于僧一行活动的记述文字，据此分析僧一行在嵩岳诸多伽蓝名刹中，与会善寺的关系最为密切。据此，1959 年，河南省文化局文物工作队、登封县人民文化馆在会善寺建"僧一行纪念馆"，重在宣传一行禅师在佛学文化、天文历法、算学等领域取得的卓越成就，吸引了众多中外游客。

王维与嵩山

王维（694—761年），字摩诘，号摩诘居士。祖籍山西祁县，幼时随父徙家于河东蒲州（今山西省永济市），遂称"河东王氏"。玄宗开元九年（721年）进士，历官右拾遗、监察御史、河西节度使判官、吏部郎中、给事中，因安禄山攻陷长安，迫受伪职，长安收复后，被责授太子中允。唐肃宗乾元年间任尚书右丞，故世称"王右丞"。唐代著名诗人、画家，有"诗佛"的美誉，诗文存世约400首。唐玄宗开元二十一年（733年）前后，到开元二十三年（735年）的一年多时间里，王维隐居嵩山，修禅悟道，思考人生，有了新的人生经历和思想演变，为嵩山注入了新的人文文化内涵。

王维隐居嵩山的原因

王维一生共隐居四次，首隐在开元四年（716年）的终南山，嵩山之隐为第二次，第三次系丁母忧而再隐终南山，晚年则辞职归隐于终南山，即其一生一隐嵩山、三隐终南山。因此，了解王维隐居嵩山的原因及其行迹具有重要意义。

王维隐居嵩山的原因主要有三：

一是仕途受挫，欲隐求静。开元九年（721年），27岁的王维解褐为太乐丞，正式步入了仕途。不久，一次重大的人生挫折降临在王维头上。是年秋，王维与时任太乐令刘贶因"伶人舞黄狮子"案而遭贬谪，到山东出任济州司仓参军。王维是一个精擅音律诗画、声名震动两京的大才子，突然从京都的政治权力中心外放去地方做一个"掌租调、公廨、庖厨、仓库、市肆"的下级军官，其愤慨、郁闷的心情可想而知。这次贬谪对于刚刚步入官场，正意气风发、昂扬向上的王维来说，无疑是一次沉重的打击。

开元十三年（725年）正月，玄宗大赦天下，王维遂离鲁返回长安。是年末，王维向时任宰相张说干谒，也没有得到拔擢。开元十四年（726年），32岁的王维以"判补"获任淇上。"淇上"大约指今天河南辉县与淇县一带，其地早在魏晋时期即为著名的隐居之地，很多名士如孙登、嵇康、阮籍、刘伶等人曾"暂寓"于此，周边环境清幽，多有先贤遗迹。先贤自由自在的生活方式让仕途坎坷的王维羡慕不已，产生了离开官场、隐居山林、自由生活的想法。但由于家中"小妹日成长，兄弟未有娶"的现实困难状况，其隐居山林的想法暂时难以实现，不过这为他日后隐居嵩山作了思想上的铺垫。

开元十七年（729年），王维返回长安，任秘书省侍御史，与孟浩然相识。

二是爱妻亡故，寻求慰藉。开元十九年（731年），王维的妻子崔氏去世。王维与妻子感情甚笃，《旧唐书·王维传》云："妻亡，不再娶，三十年孤居一室。"妻子的早亡令王维悲痛不已，遂弃官闭户，闲居长安家中。官场的失意、妻子的早逝，使王维归隐山林的念想愈发强烈。

诸多的不如意，促使王维于开元二十一年（733年）前后下决心归隐嵩山。《归嵩山作》诗就是王维归隐嵩山途中所见景色的实录，抒发了诗人恬静闲适的心情。

　　清川带长薄，车马去闲闲。

　　流水如有意，暮禽相与还。

　　荒城临古渡，落日满秋山。

　　迢递嵩高下，归来且闭关。

王维如倦鸟"暮禽"一般投入了山林生活，清川流水、落日秋山给他带来心灵上难得的轻松与归属感，清幽空寂的嵩山风光让王维暂时忘却了丧妻的伤痛和官场的烦恼，度过了一段轻松的隐居时光。

三是兄弟照顾，衣食无忧。这是重要的一点，王维的宗兄温古上人"削发"嵩山会善寺，随普寂禅师学法。大弟王缙"尝官登封"。王缙（702—781 年），字夏卿，自幼好学，科举及第后，历任太原尹、河南副元帅、河东节度使，两拜门下侍郎、同平章事等，书法家，一生笃信佛教。王维隐居嵩山时，刚好"（王）缙尝官于登封，因学于大照，又与广德素为知友"（见唐《大证禅师碑》），温古上人和王缙给王维隐居嵩山提供了诸多便利。王维此次嵩山隐居，是在经历了仕途、情感挫折之后的赋闲，同僧道居士结交酬和，逐渐抚平了他心中的伤痛，使他慢慢地重新燃起了入世的期望。

开元二十二年（734 年）五月，张九龄拜中书令。这年秋天，王维向张九龄进诗干谒，呈《献始兴公》：

宁栖野树林，宁饮涧水流。

不用坐粱肉，崎岖见王侯。

鄙哉匹夫节，布褐将白头。

任智诚则短，守任固其优。

侧闻大君子，安问党与雠。

所不卖公器，动为苍生谋。

贱子跪自陈，可为帐下不。

感激有公议，曲私非所求。

从诗中可以看出王维诚恳地向张九龄自荐，讲述自己栖隐山林、坚守节操，然后赞美张九龄任人唯贤、毫无私心，最后表明自己可为帐下使用，希望张九龄公正地选择、任用人才，不要有所偏私。王维的干谒诗引起了张九龄的注意，开元二十三年（735年），41岁的王维被擢任右拾遗，赴东都洛阳任职，再次步入仕途，也因此与张九龄结下了深厚的友谊。

王维与普寂禅师

　　普寂（651—739年），神秀四大弟子之一，唐《楞伽师资记》说："唐朝洛州嵩高山普寂禅师、嵩山敬贤禅师、长安兰（南）山义福禅师、蓝田玉山惠福禅师，并同一师学法俚应行，俱承大通和上后。"普寂禅师是禅宗北宗领袖，也是神秀一系公认的正统法嗣，经常住锡嵩山嵩岳寺、会善寺、少林寺等伽蓝名刹讲经说法。很多佛学著作把普寂视为达摩以来的禅宗正传，所以南宋《西溪丛语》载："神秀法嗣，有嵩山普寂禅师。"宋代《景德传灯录》曰："北宗神秀门人普寂，立其师为六祖，而自称七祖。"《宋高僧传》记载，神秀死后，普寂成为禅学北宗中最具影响力的人物，"天下好释氏者，咸师事之""王公大人，竞来礼谒"，世传其门徒当时有万人之多，遍及两京。普寂卒于开元二十七年（739年），被谥为"大照禅师"。"及葬，河南尹裴宽及其妻子，并缞麻列于门徒之次。倾城哭送，阊里为之空焉。"

　　王维在未隐居嵩山之前就已经认识普寂禅师，他的母亲崔氏是大照禅师的俗家弟子，受过大照禅师的教导。王维在《请施庄为寺表》中写道："七母故博陵县君崔氏，师事大照禅师三十馀岁，褐衣蔬食，持戒安禅，乐住山林，志求寂静。"还有王维的弟弟王缙撰写的《大唐东京大敬爱寺故大德大证禅师碑》云："缙尝官登封，因学于大照，又与广德素为知友。大德弟子正顺，即十哲之一也，视缙犹父，心用感焉。以诸因缘，为之强述。"普寂禅师年长王维43岁，极受唐室尊崇，王维隐居嵩山时，经常行走嵩洛诸刹，拜谒普寂禅师是首务。

王维与温古上人

"上人"，是古代对精于佛学的僧侣的尊称。温古上人，是"王维宗兄也"（见《说嵩》），与一行禅师同为普寂大师的弟子，嵩山会善寺僧人。开元八年（720年）前后，温古和一行向印度僧人善无畏、南印度僧人金刚智学习密法，一行翻译、温古笔录密法经卷。唐智升《续古今译经图纪》云："（金刚智）闻大支那佛法崇盛，遂泛舶东逝达于海隅，开元八年（720年）中方届京邑，于是广弘秘教，建曼荼罗……沙门一行钦斯秘法数就咨询……一行敬受斯法，请译流通，以（开元）十一年（723年）癸亥于资圣寺，为译《金刚顶瑜伽中略出念诵法》一部四卷，《七俱胝佛母准泥大明陀罗尼经》一卷，东印度婆罗门大首领直中书伊舍罗译语，嵩岳沙门温古笔受。"温古著有《大日经义释序》，《大日经》是密宗所依主要经典之一，由善无畏与其弟子一行合译。一行又作《大日经》注，阐释密宗教理。

王维《留别山中温古上人兄并示舍弟缙》云：

> 解薜登天朝，去师偶时哲。
>
> 岂惟山中人，兼负松上月。
>
> 宿昔同游止，致身云霞末。
>
> 开轩临颍阳，卧视飞鸟没。
>
> 好依盘石饭，屡对瀑泉渴。
>
> 理齐小狎隐，道胜宁外物。
>
> 舍弟官崇高，宗兄此削发。
>
> 荆扉但洒扫，乘闲当过歇。

这首诗作于开元二十三年（735年）王维拜右拾遗后即将离开嵩山到东都洛阳赴任的时候，诗中王维用"兼负松上月"隐喻自己渴求重新出仕与归隐嵩山的初衷不一的复杂心情，并赞美温古上人不追求、贪恋人间富贵，是一位避世高人，表达了自己留恋嵩山美景，留恋与兄长温古、弟弟王缙共同生活的美好时光。

开元二十三年（735年）八月十二日，景贤大师身塔在嵩山会善寺建成，右拾遗羊愉撰写《唐景贤大师身塔记》，沙门温古书丹成碑，该书体行楷相间，秀逸处似右军（王羲之），兼得魏碑之笔力，堪称行楷书之佳作。故宫博物院藏有晚明拓本，吉林省图书馆藏有清拓本。

王维与乘如禅师

乘如禅师,原为长安西明寺、洛阳安国寺上座僧,《宋高僧传》卷十五称其"精研律部,颇善讲宣",名扬两京。嵩山会善寺及戒坛"殿宇幽闲,自然严净,受戒之所,洛城推最",因"高仁沦殁",导致寺、坛"墉垣荒凉""塔庙摧毁",开元年间初期修葺竣工,为"有阙续填""长讲戒律",经"河南副元帅、黄门侍郎平章事王缙奏"报批准,抽请安国寺僧乘如等七人到嵩山会善寺及戒坛"住持扫洒""设坛讲律"(见唐《会善寺戒坛记碑》),使会善寺重现"钟梵相闻,幡盖交荫"的盛况。

王维的《过乘如禅师萧居士嵩丘兰若》诗,大抵作于开元二十二年(734年)秋至二十三年(735年)春隐居嵩山期间。诗曰:

> 无著天亲弟与兄,嵩丘兰若一峰晴。
>
> 食随鸣磬巢乌下,行踏空林落叶声。
>
> 迸水定侵香案湿,雨花应共石床平。
>
> 深洞长松何所有,俨然天竺古先生。

诗中所言"无著",音译阿僧伽,公元四五世纪北印度大乘佛教瑜伽行派创始人之一;"天亲",亦译世亲,音译婆薮槃豆,无著之弟,大乘佛教瑜伽行派创始人之一。此处以无著、天亲喻乘如禅师、萧居士,则乘如俗姓萧也。王维形容乘如禅师的形貌"俨然天竺古先生"。

嵩山现存的唐《萧和尚灵塔铭》碑，仅存上截，残高78厘米、宽60厘米、厚15厘米，额刻篆书"萧和尚灵塔铭"六字，碑文可识"大师号乘如，姓萧，梁武帝六代……以律藏为……"等字，其余文字漫漶不可读。碑阴刻"皇唐两京故临坛大德乘如和尚碑阴记"，碑文为萧和尚小传，碑漶不可读。碑侧行书数行，为王维赠乘如禅师诗。

王维与方尊师、焦炼师

"尊师"是旧时对道士的尊称。王维认为方尊师是嵩山道、隐合一的高人，名、号不详。王维隐居嵩山，与方尊师的交游，情趣简淡，充满了对尊师居修之所清幽环境的喜爱和对尊师超脱尘外气度的欣羡。孙昌武认为"唐代许多文人对道教的兴趣更多地表现在对其学理的倾服，进而去赞赏和实行道家所宣扬的人生态度和处事方法，这从而也形成了部分人接受道教的特殊态度和方式"（见《道教与唐代文学》26页）。木斋认为："隐隐文化发展到唐代，之所以会出现道隐合一的现象，与唐代天子李氏家族对于道教的无比崇高的提倡有关。""纯粹的隐士，已经大大落伍于时代，必须与道士结合；而纯粹的道士，不过是方技之流，地位低下，又为传统的士人所不齿，所以，道士与隐士的结合，实则是合之则美、分则两伤的事情，这就有了唐代道隐合一的文化现象。"（见《中国古代诗人的仕隐情结》221页）。王维笔下的嵩山道人便是道家追求"无"境界的隐士，如《送方尊师归嵩山》：

> 仙官欲往九龙潭，旌节朱幡倚石龛。
>
> 山压天中半天上，洞穿江底出江南。
>
> 瀑布杉松常带雨，夕阳苍翠忽成岚。
>
> 借问迎来双白鹤，已曾衡岳送苏耽。

王维在此诗中将方尊师隐居修行的嵩山九龙潭的独特景貌形象地描绘出来：巍峨的中岳嵩山矗立在天地之间，九龙潭深邃奇诡，变化莫测，九龙潭瀑布的水珠如雨滴般洒在周围茂密的杉松上，夕阳中的嵩岳诸峰呈现出一片翠绿，在水雾中隐现。此诗可证，王维是真心向往方尊师的隐逸生活。

九龙潭，"在太室东岩之半，山巅众水咸归于此，盖一大峡也。峡作九垒，每垒结为一潭，递相灌输，水色洞黑，其深无际。崖嵎险峻，波涛怒激。登临者至此，辄凛然生畏焉。武后同太平公主游此有诗"（见《嵩书》）。潭旁有九龙庙，唐代著名诗人、著作郎綦毋潜在《过方尊师院》一诗中有"羽客北山寻，草堂松径深"之句，綦毋潜在嵩山北（应是西）面的山中寻到的方尊师居修地应该就是今天的九龙庙。白居易、韩愈、欧阳修等唐宋名家均来过九龙潭游览、避暑，留有诗文。

在嵩山，除方尊师外，王维还很羡慕与赞许焦炼师的长寿、特异功能和不问世事的隐者生活。古代懂得"养生""炼丹"之法的道士，被尊称为"炼师"。关于焦炼师，李白《赠嵩山焦炼师》诗序中说："嵩山有神人焦炼师者，不知何许妇人也。又云生于齐梁时，其年貌可称五六十。常胎息绝谷，居少室庐，游行若飞，倏忽万里。世或传其入东海，登蓬莱，竟莫能测其往也。余访道少室，尽登三十六峰，闻风有寄，洒翰遥赠。"因为李白没有见到焦炼师，便写诗"遥赠"。

盛唐时期，道教流行，社会上求长生、好神仙的风气很盛，王维也受到了影响，他的《赠中岳焦炼师》诗曰：

> 先生千岁馀，五岳遍曾居。
>
> 遥识齐侯鼎，新过王母庐。
>
> 不能师孔墨，何事问长沮。
>
> 玉管时来凤，铜盘即钓鱼。
>
> 竦身空里语，明目夜中书。
>
> 自有还丹术，时论太素初。
>
> 频蒙露版诏，时降软轮车。
>
> 山静泉逾响，松高枝转疏。
>
> 支颐问樵客，世上复何如。

焦炼师是唐代著名的女道士，长期居于嵩山，李白、王昌龄、李颀、钱起、许浑都写过有关她的诗歌。王维在这首诗中，把焦炼师写成一个身怀异术的仙人，表达了自己的崇仰之情。

王维与隐士张諲

　　张諲，王维的朋友，隐居嵩山闭门读书十余年，应举出仕，官至刑部员外郎，天宝间辞官归隐，不复出仕。据《唐才子传》卷二《张諲传》记载："諲，永嘉人。初隐少室下，闭门修肄……后应举，官至刑部员外郎……天宝中谢官，归故山偃仰，不复来人间矣。"据张彦远《历代名画记》记载："张諲，官至刑部员外郎，明易象，善草隶，工丹青，与王维、李颀等为诗酒丹青之友，尤善画山水。"

　　王维和张諲都具有超然物外的洒脱和旷达遗世的情怀，富有独立的个性，因此情意相投。王维写有《戏赠张五弟諲三首》组诗，一个"戏"字表明两人深厚的友情。陈铁民认为，此组诗（三首）作于王维隐居终南山期间（见《王维集校注》200页），其第二首诗是王维对与张諲偕隐嵩山时的回忆。诗曰：

张弟五车书，读书仍隐居。

染翰过草圣，赋诗轻子虚。

闭门二室下，隐居十年余。

宛是野人野，时从渔父鱼。

秋风日萧索，五柳高且疏。

望此去人世，渡水向吾庐。

岁晏同携手，只应君与予。

此外，王维《问寇校书双溪》曰："君家少室西，为复少室东？别来几日今春风。新买双溪定何似？余生欲寄白云中。"虽然据目前的史料看，寇校书的生平无法考证，但他和王维的共同点也在于对隐逸生活的追求与实践。

王维与贾生

王维隐居嵩山时，还在太乙观有过一段学道求仙的经历，他在《过太乙观贾生房》诗中说：

> 昔余栖遁日，之子烟霞邻。
>
> 共携松叶酒，俱簪竹皮巾。
>
> 攀林遍岩洞，采药无冬春。
>
> 谬以道门子，征为骖御臣。
>
> 常恐丹液就，先我紫阳宾。
>
> 夭促万涂尽，哀伤百虑新。
>
> 迹峻不容俗，才多反累真。
>
> 泣对双泉水，还山无主人。

贾生，嵩山太乙观道人。《嵩书》中载："太乙观在（登封）县东北五里许，太室万岁峰之下。汉武帝元封元年登（嵩）山，闻呼万岁，建（万岁）观于此。"这首诗应该是王维离开嵩山之后所作。他在诗中说，从前自己隐居嵩山时，贾生也在山中与烟霞为邻，两人常"攀林""采药"，后来自己被征擢出仕，常想贾生的丹药已经炼就，先自己成仙，哪知他却短命早死，如果自己再回嵩山，就见不到故人了。

王维写道观的作品较少，《过太乙观贾生房》等少数诗作是王维与道家思想密切关联的见证。

结　语

关于王维的生平，能见到的直接材料不多。王维从何时开始隐居嵩山，历来研究者莫衷一是。但王维确实曾隐居嵩山，明《嵩书》、清《说嵩》等地方文献收录王维写嵩山、写嵩山人物的诗作近十首，特别是《归嵩山作》是公认的佳作，被收入《唐诗三百首》中，历代传诵。笔者依据王维创作的嵩山诗文，解读与王维有关的王缙《大唐东京大敬爱寺故大德大证禅师碑》《萧和尚灵塔铭》《皇唐两京故临坛大德乘如和尚碑阴记》《景贤大师身塔记》《嵩山会善寺戒坛记》等石刻文物史料，结合近代学者陈铁民、乔永新、石飞飞、王辉斌、张丽娟等人的学术成果，基本厘清王维隐居嵩山的起止时间，爬梳王维与嵩山普寂禅师、温古上人、乘如禅师、方尊师、焦炼师、隐士张諲、道人贾生等交往过程所形成的文化史话，填补了嵩山文化研究的一项空白，为弘扬、宣传嵩山文明注入了新的内容。

李白与嵩山

　　李白（701—762 年），字太白，号青莲居士，唐朝伟大的浪漫主义诗人，有"诗仙"之美誉，与杜甫并称"李杜"。曾得到唐玄宗李隆基赏识，天宝元年（742 年）秋奉诏入京任翰林学士，天宝二年（743 年）秋被赐金放还。李白游历全国，其诗以抒情为主，表现出蔑视权贵的傲岸精神，对人民疾苦表示同情，又善于描绘自然景色，表达对祖国山河的热爱。诗风雄奇豪放，想象丰富，语言流畅自然，音律和谐多变，构成其特有的瑰玮绚烂的色彩，达到盛唐诗歌艺术的巅峰。李白数次来到嵩山，曾赋诗为记。中岳嵩山以雄伟多姿的壮丽景色吸引着历代文人骚客，他们来到嵩山或挥笔疾书，或高歌低吟，写下数以千计的瑰丽诗篇，使嵩山成为文人荟萃之区。其中最著名的文人，要首推李白。

拜访隐士卢鸿一

　　开元六年（718年），李白18岁。这年二月，唐玄宗李隆基以礼征召嵩山隐士卢鸿一兄弟至东都洛阳，诏授谏议大夫，卢鸿一固辞不受，玄宗诏嘉之，放还嵩山。这件事引起李白的关注，是年夏，李白从洛阳来到嵩山拜访玄宗屡征不仕的卢鸿一兄弟，并一同隐居，以期求卢氏兄弟引荐出仕。《旧唐书·卢鸿一传》记载，卢鸿一，生卒年不详，字浩然，原是范阳（今河北涿州范阳县）人，后来全家迁到洛阳，隐居嵩山。卢鸿一年纪轻轻就学问渊博，精通籀、篆、楷、隶等多种书法。开元初，玄宗遣礼币，再征不至（睿宗李旦曾下诏征召）。开元五年（717年）玄宗下诏三征。开元六年（718年）卢鸿一来到东都，谒见不拜，后于内殿献忠言。玄宗诏授谏议大夫，卢鸿一没有接受。玄宗下诏赞许，把卢鸿一比作东汉会稽隐士严子陵，授以谏议大夫的官职准许返回嵩山，岁给米百硕，绢五十匹，充其药物，仍令府县送隐居之所。《旧唐书·玄宗纪》记载，"礼币征嵩山隐士卢鸿"的时间为开元六年（718年）二月。"玄宗纪"中称名"卢鸿"，而"卢鸿一传"作"卢鸿一"，当以本传为是。李白在嵩山卢鸿一兄弟隐居处居住时，曾作五言古诗《赠卢征君昆弟》和五言律诗《口号赠征君鸿》各一首。

　　结合李白《赠卢征君昆弟》诗，可知当时被征召者为兄弟二人，兄长卢鸿一，弟弟卢鸿二。《赠卢征君昆弟》诗云：

> 明主访贤逸，云泉今已空。
>
> 二卢竟不起，万乘高其风。
>
> 河上喜相得，壶中趣每同。
>
> 沧州即此地，观化游无穷。
>
> 水落海上清，鳌背睹方蓬。
>
> 与君弄倒景，携手凌星虹。

诗的前4句所言，与《旧唐书》本传所载卢鸿一事迹恰合。末2句是写二卢回归嵩山，李白前往拜访时，李白表示愿与卢氏兄弟同隐，以提高自己的声誉，并请求卢鸿一荐引的意思。卢鸿一作为当时赫赫有名的学者、隐士，让睿宗、玄宗屡屡厚礼相召而不仕，可知其时年龄必长于李白许多。

《口号赠征君鸿》诗云：

> 陶令辞彭泽，梁鸿入会稽。
>
> 我寻高士传，君与古人齐。
>
> 云卧留丹壑，天书降紫泥。
>
> 不知杨伯起，早晚向关西。

"口号"，古诗标题用语，表示随口吟成，和"口占"相似。颂诗的一种，多指献给有身份、地位高的人。诗的前2句把二卢比作陶渊明（东晋诗人、隐士）辞去彭泽县令而归田、梁鸿（东汉初诗人、隐士）入会稽而隐耕的高洁名士，表达了李白倾慕之心、敬佩之情、结交之意；后2句言明朝廷下天书，征召指卢鸿一出仕，不知这位"杨伯起"（东汉官员，名杨震，字伯起，敢于直言）式的人物，何时去京都做官呢，寓含请求卢鸿一荐引自己出仕的愿望。

开元六年（718年）秋初，李白偕好友元演，由嵩山去南阳"遨游"。

寻访焦炼师，偶遇韦子春

开元十年（722年），李白22岁。九月初，李白从唐州湖阳县（在今河南省唐河县境内）石门山元丹丘处回到东都洛阳，准备干谒卿相，力争早日实现自己的政治理想。恰恰在这个时候，也在洛阳的唐玄宗以巫蛊罪废黜王皇后杀大臣，并发布诸王、公主、驸马、外戚家，除至亲外，不得出入门庭，妄说言语；百官不得与卜祝（占卜）之人交游来往等诏令。京都上下如履薄冰，王公百官拒见外客。因为这件事情，李白干谒受阻，心情很是沮丧。李白听说嵩山有个"神人"女道士焦炼师，为蜀人，名焦静真，住在山中石室，生于齐梁时，至唐时年龄已两百多岁，容若五六十，胎息绝谷，行走若飞。

李白认定焦炼师就是仙人，行走嵩山，一心寻访，遗憾的是终究未能晤面。李白为此寝食不安，他突发奇想，写给焦炼师一首赠诗，表明自己寻访的心迹，期盼焦炼师能够看到。这首《赠

《嵩山焦炼师》五言古诗这样写道：

> 二室凌青天，三花含紫烟。
>
> 中有蓬海客，宛疑麻姑仙。
>
> 道在喧莫染，迹高想已绵。
>
> 时餐金鹅蕊，屡读青苔篇。
>
> 八极恣游憩，九垓长周旋。
>
> 下瓢酌颍水，舞鹤来伊川。
>
> 还归空山上，独拂秋霞眠。
>
> 萝月挂朝镜，松风鸣夜弦。
>
> 潜光隐嵩岳，炼魄栖云幄。
>
> 霓裳何飘飖，凤吹转绵邈。
>
> 愿同西王母，下顾东方朔。
>
> 紫书傥可传，铭骨誓相学。

李白写此诗时满腔崇敬，他将焦炼师比作麻姑仙女，在嵩山餐、读、游、酌、舞、归、眠，自由自在，无拘无束，他期望焦炼师能够像西王母光顾她的崇拜者东方朔一样来光顾自己。此诗表现出李白诚心求道以及对自由和长生的热烈向往之情。

焦炼师的居所后人称"炼师庵"或"炼丹庵"，有三处。其中二处在嵩顶东，接官厅旁，清初毁矣，仅余遗址；一处在峻极宫后，西北方向的悬崖下，由两座石块垒成的石屋组成，石屋皆无土木。1991 年夏，河南省嵩山风景名胜区管理委员会付西松书丹，将唐李白《赠嵩山焦炼师》诗镌刻在庵旁石壁上。这三座炼师（丹）庵李白应该都到过。

九月中旬，李白偶遇在嵩山颍阳漫游的好友韦六。韦六，即韦子春，以勇力闻名。天宝中，官著作郎。正直博学，与李白相处得很好。过去李白和韦六热衷于游说干谒，效果不明显，他们想隐居还没有开始隐居。这次因玄宗诏令不便干谒，韦六来颍阳憩游，两人偶遇，喜不自禁。李白《北山独酌寄韦六》诗中有"巢父将许由，未闻买山隐。道存迹自高，何惮去人近"等诗句，流露出李白、韦六两人想做不一的矛盾心理。此诗证明，李白独酌写寄韦六诗在前，偶遇韦六在后。

约九月下旬，元丹丘由高凤石门山急匆匆地赶到嵩山颍阳访见好友李白，二人"同衾卧羲皇"，共度晚秋。李白于天宝七年（748年）九月作的《闻丹丘子于城北营石门幽居，中有高凤遗迹，仆离群远怀，亦有栖遁之志，因叙旧以寄之》诗中，所谓"畴昔在嵩阳，同衾卧羲皇"，即指是时。二人之所以"同衾"而卧，是因为元丹丘仓促相访，未携铺盖也。

十月，元丹丘回方成山（在今河南叶县），李白回洛阳，会见元丹丘的弟弟、故友元演。

寻访元丹丘

开元十六年（728年），李白28岁。二月，李白得知好友元丹丘移家颍阳，立即由洛阳前往寻访，并从之隐游。元丹丘，自号丹丘子，李白一生中最重要的交游人物之一，李白20岁左右在蜀中结识元丹丘，曾一起隐居嵩山西麓之颍阳。元丹丘被李白看作长生不死的仙人，题赠元丹丘的诗篇多达十余首。

元丹丘二月初于颍阳购置山居，即写信告知李白。元丹丘是李白志同道合的朋友，李白很佩服元丹丘的道术，来到颍阳山居，李白即作《元丹丘歌》：

> 元丹丘，爱神仙，朝饮颍川之清流。
>
> 暮还嵩岑之紫烟，三十六峰长周旋。
>
> 长周旋，蹑星虹；身骑飞龙耳生风。
>
> 横河跨海与天通，我知尔游心无穷。

此诗把元丹丘写成一个能骑龙飞天、横河跨海的神仙，表达了李白对老朋友的美好祝愿，同时也是对老朋友的戏谑。全诗语言自然天成，句式富有变化，结构上有一种长短相间、循环复沓的音乐美。

李白、元丹丘相会于嵩山颍阳，不胜欢喜，李白的《题元丹丘颍阳山居并序》的"序"中有"丹丘家于颍阳，新卜别业"和"白从之游，故有此作"的说明。《题元丹丘颍阳山居并序》云：

> 丹丘家于颍阳，新卜别业。其地北倚马岭，连峰嵩丘，南瞻鹿台，极目汝海，云岩映郁，有佳致焉。白从之游，故有此作。
>
> 仙游渡颍水，访隐同元君。
>
> 忽遗苍生望，独与洪崖群。

卜地初晦迹，兴言且成文。

却顾北山断，前瞻南岭分。

遥通汝海月，不隔嵩丘云。

之子合逸趣，而我钦清芬。

举迹倚松石，谈笑迷朝曛。

益愿狎青鸟，拂衣栖江濆。

从该诗末句"益愿狎青鸟，拂衣栖江濆"看，李白并不打算在这里长期隐居，而是愿去"栖江濆"，即江边。约三月初，李白辞别元丹丘，留下《颍阳别元丹丘之淮阳》五言古诗，即南下经随州（今湖北省随州市）再访胡紫阳后，去安陆（今湖北省安陆市）北的寿山隐居，等待孟少府来访。《颍阳别元丹丘之淮阳》五言古诗云：

吾将元夫子，异姓为天伦。

本无轩裳契，素以烟霞亲。

尝恨迫世网，铭意俱未伸。

松柏虽寒苦，羞逐桃李春。

悠悠市朝间，玉颜日缁磷。

所失重山岳，所得轻埃尘。

精魄渐芜秽，衰老相凭因。

我有锦囊诀，可以持君身。

当餐黄金药，去为紫阳宾。

万事难并立，百年犹崇晨。

别尔东南去，悠悠多悲辛。

前志庶不易，远途期所遵。

已矣归去来，白云飞天津。

诗的大意是，李白与元丹丘是志趣契合的异姓兄弟，出仕的愿望还没有实现，要像松柏那样不畏严寒，恪守高洁，但他们的容颜已经开始衰老，锦囊妙诀就是去找胡紫阳访求长生不老之术。李白在诗中已经隐隐流露出自己的干谒求仕之路是不顺畅的，人生无奈啊！

开元十七年（729年）三月，元丹丘从嵩阳去安陆看望李白。

再访元丹丘

开元二十年（732年），李白32岁。三月，李白回到长安，准备干谒权臣，得知玄宗和当朝权臣已于去年十月去东都未归，盘桓长安求仕无望，极度失意。约在三月下旬，李白辞别旧友前往洛阳。因玄宗开元十年（722年）发布的禁令还未解除，仍然不方便游说干谒，求仕道路的坎坷和艰辛，使李白对游说干谒已生厌倦。心情郁闷的李白复游嵩山，再赴颍阳访元丹丘。

李白在嵩山遇到采摘菖蒲的人，有感而发，借诗咏《神仙传》所载汉武帝刘彻巡幸嵩山时不听仙人指点，终未求得长生一事，希望自己遇到仙人，求得长生不老之术。这首诗名曰《嵩山采菖蒲者》，诗云：

> 神仙多古貌，双耳下垂肩。
>
> 嵩岳逢汉武，疑是九疑仙。
>
> 我来采菖蒲，服食可延年。
>
> 言终忽不见，灭影入云烟。
>
> 喻帝竟莫悟，终归茂陵田。

李白写此首五言古诗时的心情应该是烦恼、无聊与空虚的。

李白来到颍阳，看见元丹丘的山居与嵩山的丘壑美景融为一体，山风轻轻吹着元丹丘的衣袖，元丹丘在清幽静谧的环境中自由自在，没有纷扰喧嚣的吵闹，李白非常羡慕他，不由自主发出"羡君无纷喧"的感慨。李白把看到的情景和心中"纷喧"的苦恼，在《题元丹丘山居》五言古诗中一股脑发泄了出来。诗云：

> 故人栖东山，自爱丘壑美。
>
> 青春卧空林，白日犹不起。
>
> 松风清襟袖，石潭洗心耳。
>
> 羡君无纷喧，高枕碧霞里。

"东山"指颍阳东北不远的嵩山，"青春"指春天。李白这次在嵩山元丹丘的山居逗留了一个多月，孟夏（四月）中旬返回洛阳。

123

会饮嵩阳，创作名篇《将进酒》

开元二十四年（736 年），李白 36 岁。李白应岑勋之邀，来到嵩山颍阳元丹丘山居，和元丹丘、岑勋结伴同游嵩山。宴饮伊始，李白即作《酬岑勋见寻就元丹丘对酒相待以诗见招》五言古诗，表明此时此刻的心情。诗曰：

黄鹤东南来，寄书写心曲。

倚松开其缄，忆我肠断续。

不以千里遥，命驾来相招。

中逢元丹丘，登岭宴碧霄。

对酒忽思我，长啸临清飙。

蹇予未相知，茫茫绿云垂。

俄然素书及，解此长渴饥。

策马望山月，途穷造阶墀。

喜兹一会面，若睹琼树枝。

忆君我远来，我欢方速至。

开颜酌美酒，乐极忽成醉。

我情既不浅，君意方亦深。

相知两相得，一顾轻千金。

且向山客笑，与君论素心。

宴饮是这次聚会的"灵魂"，三人置酒高会，推杯换盏，在"开颜酌美酒，乐极忽成醉"中，李白的兴致跃至巅峰，挥毫写下《将进酒》这首乐府体裁的七言歌行诗，所见所闻，所思所想，皆入诗中。"将进酒"即请饮酒或劝饮酒的意思。诗曰：

> 君不见黄河之水天上来，奔流到海不复回。
>
> 君不见，高堂明镜悲白发，朝如青丝暮成雪。
>
> 人生得意须尽欢，莫使金樽空对月。
>
> 天生我材必有用，千金散尽还复来。
>
> 烹羊宰牛且为乐，会须一饮三百杯。
>
> 岑夫子，丹丘生，将进酒，君莫停。
>
> 与君歌一曲，请君为我侧耳听。
>
> 钟鼓馔玉不足贵，但愿长醉不复醒。
>
> 古来圣贤皆寂寞，惟有饮者留其名。
>
> 陈王昔时宴平乐，斗酒十千恣欢谑。
>
> 主人何时言少钱，径须沽取对君酌。
>
> 五花马、千金裘，呼儿将出换美酒，与尔同销万古愁。

此诗借酒放歌，表达了虽然生逢盛世，但怀才不遇的压抑心情。聚会不久，李白返回洛阳。

因为李白《将进酒》中有"君不见黄河之水天上来，奔流到海不复回"的描述，使嵩巅成为观览黄河东流自然胜景的最佳地点之一。

有关李白写作《将进酒》的时地与用事，素有争议。笔者附议在嵩山无疑。

李白偕元丹丘赴嵩岳少室山，干谒玉真公主，以期引荐

开元二十六年（738年），李白38岁。是年正月，玄宗诏令荐拔内外八品以下及草泽（民间）有博学文辞之士。李白闻知后，二三月间，在鲁门（今山东省济宁市兖州区）东的家中改写《大鹏遇希有鸟赋》为《大鹏赋》，决定第五次赴京献赋干谒。《大鹏遇希有鸟赋》成文于开元五年（717年）五月初，是年17岁的李白来到荆州治城江陵，遇到来游的著名道人司马承祯（字子微），这一年司马承祯72岁。二人见面相谈甚欢，司马子微称赞李白有"仙风道骨"。李白作《大鹏遇希有鸟赋》以自广，借以抒发自己摆脱潜藏隐居生活，如大鹏振翅高飞以实现自己美好理想的愿望。凸显少年李白纯真、简单、孤傲的性格。"大鹏"是李白自比，"希有鸟"比司马承祯。

李白《大鹏赋》序云："余昔于江陵，见天台司马子微，谓余有仙风道骨，因著《大鹏遇希有鸟赋》以自广……悔其少作，未穷宏达之旨，中年弃之。及读《晋书》，睹阮宣子《大鹏赞》，鄙心陋之。遂更记忆，多将旧本不同。今复存手集，岂敢传诸作者？庶可示之子弟而已。"通过序文，能大致了解李白修改《大鹏遇希有鸟赋》为《大鹏赋》的缘由是成熟的思想覆盖了少年时的轻狂与傲倪。

不久，李白告别家人西去东都洛阳，向有司（官吏）献《大

鹏赋》，并广为散发，期望引起关注。旋即去嵩山颍阳会见元丹丘。四五月间，李白偕元丹丘从颍阳山居东去少室山，干谒玉真公主。玉真公主（692—762年），名李持盈，字玄玄，唐睿宗李旦第十女，玄宗李隆基胞妹，武则天的孙女。神龙二年（706年），玉真公主14岁，度为女冠，开元二年（714年）曾赴四川青城山修行，道号"上清玄都大洞三景师"。李白与元丹丘于此时结识了玉真公主。玉真公主此时在嵩岳少室山同著名女道人焦炼师一同修炼，李白、元丹丘到少室山拜见了玉真公主，玉真公主同意荐引出仕。李白《玉真仙人词》中有"几时入少室，王母应相逢"的诗句，表明李白、元丹丘于嵩山之少室山见过玉真公主。

是年秋冬，李白与元丹丘仍在东都游说干谒，以俟献赋回音。

天宝元年（742年），在玉真公主和贺知章的帮助下，玄宗皇帝召见了李白，玄宗看了李白的诗赋，很钦慕，供奉翰林学士，职务是给皇上写诗文娱乐，陪侍皇帝左右。天宝二年（743年）暮春，李白醉酒误事，被"赐金放还"。

七访嵩山

天宝十年（751年），李白51岁。这年四月，李白第七次来到嵩山，造访元丹丘。这次嵩山之行，是李白最后一次踏访嵩岳。

年逾五旬的李白造访至友元丹丘的起因是，李白于前一年（天宝九年）夏秋间，在梁园（今河南省商丘市古城东南）旧居同宗氏完婚，婚后李白很高兴，觉得有必要去嵩山找老朋友一诉衷曲。

元丹丘山居摆设的巫山屏风引起了李白注意。因屏风上画有巫山山水景观，被李白称为"巫山屏风"。李白当年游三峡时见过巫山，如今看见这幅屏风画上的巫山，仿佛回到了从前。他在感慨之余，遂咏作《观元丹丘坐巫山屏风》七言古诗赠与元丹丘。此诗极咏屏风上巫山画之逼真，笔调欢快，意境明朗，妙语迭出，无一愁绪。如"溪花笑日何年发，江客听猿几岁闻。使人对此心缅邈，疑入嵩丘梦彩云"。连他常在诗歌中用以抒发愁绪的猿声，在这里也变成了令人神往的仙曲妙音。这正是与宗氏新婚的愉快心情使然。

李白休息的床铺旁安放的枕障上，亦画着巫山的高峰和白帝城边的秋景，也引起李白无限美好遐想，遂作《巫山枕障》诗一首赠与元丹丘。诗云：

巫山枕障画高丘，白帝城边树色秋。

朝云夜入无行处，巴水横天更不流。

枕障，即置于枕边的屏障，或曰枕屏风。此诗意境欢快，逸趣之情溢于言表，浸入字背。五月，李白由嵩山颍阳东去，返回梁园家中。

隐居嵩山的几位旧友

旧友，就是相交已久的朋友。曾得到李白赠诗的嵩山旧友有好几位。

于十八，名字不详。他参加过天宝元年（742年）的科举考试，三月发榜落第。有说李白受人请托为于十八写一首"落第诗"，即《送于十八应四子举落第还嵩山》五言古诗。诗意是劝于十八安心静修，别与世俗官府掺和。诗曰：

> 吾祖吹橐籥，天人信森罗。
>
> 归根复太素，群动熙元和。
>
> 炎炎四真人，摛辩若涛波。
>
> 交流无时寂，杨墨日成科。
>
> 夫子闻洛诵，夸才才固多。
>
> 为金好踊跃，久客方蹉跎。
>
> 道可束卖之，五宝溢山河。
>
> 劝君还嵩丘，开酌盼庭柯。
>
> 三花如未落，乘兴一来过。

杨山人，即杨播。杨播和李白是同隐嵩山的隐友。天宝元年（742年）李白入翰林，杨播同时被召入长安，拜谏议大夫。天宝二年（743年）春，李白被疏离官场，杨播也弃官归隐嵩山，李白写《送杨山人归嵩山》为他送行。诗曰：

我有万古宅，嵩阳玉女峰。

长留一片月，挂在东溪松。

尔去掇仙草，菖蒲花紫茸。

岁晚或相访，青天骑白龙。

"山人"指隐士高人或与世无争的高人。此诗是李白为送别挚友杨播而作，面对与这位志同道合者的离别，李白抚今忆昔，感慨倍增，通过鲜明的词语，把送别之意、惜别之情表达出来，表现了诗人的惊人创造力。

裴图南，因排行十八，故称裴十八。唐代风尚，以称人排行为高雅。天宝二年（743年）九月中旬，裴十八从长安去嵩山隐居，李白送行，作《送裴十八图南归嵩山二首》相赠。诗曰：

其一

何处可为别，长安青绮门。

胡姬招素手，延客醉金樽。

临当上马时，我独与君言。

风吹芳兰折，日没鸟雀喧。

举手指飞鸿，此情难具论。

同归无早晚，颍水有清源。

其二

君思颍水绿，忽复归嵩岑。

归时莫洗耳，为我洗其心。

洗心得真情，洗耳徒买名。

谢公终一起，相与济苍生。

诗中暗含对裴十八归隐嵩山的赞赏和慰藉之情。

张卿，原隐居鲁城北郭，天宝四年（745 年）八月中旬前后，李白与杜甫同行，到鲁城曲阜北访友，恰逢好友张卿去嵩山隐居，李白前去惜惜送别，作《鲁城北郭曲腰桑下送张子还嵩阳》诗相赠，诗曰：

送别枯桑下，凋叶落半空。

我行懵道远，尔独知天风。

谁念张仲蔚，还依蒿与蓬。

何时一杯酒，更与李膺同。

此诗中所谓"我行懵道远"，即指自己为追求功名，应诏入翰林，受谗言被放还。在道家、佛家看来，亦属迷路，即"懵道"。李白以隐身修道不仕的张仲蔚比张卿，告知张卿求仕这条道路的不易，以弃官归隐的李膺自比，表明仕途受挫之后的豁然开朗。

结　语

综上所述，李白一生访游嵩山至少有七次，在观赏嵩山文化与自然景观的同时，完成关系自己切身利益的事情，主要表现在三方面：一是拜谒名士，请求荐引出仕。这是李白游嵩的主要目的，如拜谒卢鸿一、玉真公主等。李白出任翰林学士，就是在玉真公主等人极力推荐下如愿以偿的；二是寻访修行者，想获取长生不老之术。李白一生仕途不顺，行走各地游学，非常羡慕道教真人的潇洒闲逸，获得长生不老之术成为李白除求取功名之外的又一项人生追求。所以他常常虔诚地寻仙访道，如焦炼师、玉真仙人、采挖菖蒲人等，但是求得的"长生不老之术"未能使李白如愿获得"长生"。三是造访故交。如元丹丘、元演、岑勋、杨山人、裴十八、张卿等。

李白写嵩山的诗很多，明陆柬《嵩岳文志》收录7首、明傅梅《嵩书》收录16首、清景日昣《说嵩》收录25首、清洪亮吉等人纂修的《登封县志》收录1首。李白写嵩山的诗歌，为我们了解一千两百多年前中岳嵩山的人和事提供了重要依据，丰富了嵩山文化的内涵。李白运用诗词，书写、总结、推介嵩山，让更多的人知道了嵩山、认识了嵩山，嵩山成为"天下名山"，李白功不可没，他的诗词是嵩山文化发展史中不可替代的亮丽标志。

宋真宗赵恒与嵩山

宋真宗赵恒（968—1022 年），太宗赵匡义第三子，宋朝的第三位皇帝。至道三年（997 年），太宗驾崩，30 岁的赵恒登基为帝，改元咸平。在帝位 25 年。即位之初，勤于政事，生活节俭，社会安定，商贸盛况空前，经济繁荣，史称"咸平之治"。景德元年（1004 年）秋，辽兵再次南侵，烧杀抢掠，民众深受其害，很快兵逼黄河岸边的澶州（今河南省濮阳市）城下，威胁到北宋都城东京汴梁安全。在主战派宰相寇准的劝说下，真宗御驾亲征，坐镇澶州城，宋军士气大振，挫败辽军于澶渊（在今河南濮阳县西南），达成"澶渊之盟"，实现宋辽百年间和平。宋真宗后期喜好岳渎祭祀，广建宫观庙院，曾遣使频频致祭中岳嵩山，为嵩山文化的延续与发展书写了浓墨重彩的一页。

致祭、醮告嵩山

礼祭嵩山，是历代王朝重要的典礼，起源于上古对大自然的敬畏与崇拜，是"祀岳渎"礼制活动不可缺少的组成部分，也称"祈岳渎"，其形式是由帝王亲自或遣使致祭五岳四渎等山河神主，以祈求国泰民安，风调雨顺。这是一种吉祥之礼，周时已有，秦、汉、唐等各代沿之。宋真宗致祭中岳嵩山有三种形式：

一是遣使致祭。景德四年（1007年）二月，真宗幸西京洛阳，还东京汴梁行至郑州，遣使致祭中岳。

二是望祭。大中祥符四年（1011年）二月，真宗幸临汾阴（今山西万荣县）后土祠祭祀地母，还京都汴梁经过洛阳时，望祭中岳嵩山。

三是遣使醮告。"醮告"一词，意思是道士设坛祭祀祈祷。大中祥符八年（1015年）二月，真宗下诏让道士在嵩山中岳庙设坛遣使醮告，禳除灾祟，并御制《中岳醮告文》一篇。使者于25日登坛昭告中岳嵩山神灵，以求大宋平息灾祸，福庆绵延，五谷丰登，社会稳定，人民安居乐业。醮祭仪式礼成的第四年，即天禧三年（1019年）九月，"告文"由翰林待诏、朝奉郎、行少府监主簿、赐绯臣刘太初奉敕书丹并篆额，刻于石幢，幢名"御制中岳醮告文"，立于中岳庙内。《宋史·礼志》记载，真宗曾自制五岳醮告文，遣使前往醮告，即建坛之地构亭立石柱，刻文其上，

《中岳御制醮告文》石幢为其一。中岳庙宋真宗醮告中岳神主的祭坛、保护御制告文石柱的碑亭早已毁失无存，唯有《御制中岳醮告文》石幢保存完好，立在庙内峻极门东掖门前台阶东侧，由座、身、刹三部分组成，八棱柱体，通高2.27米，柱身围1.10米。基座土衬石呈八棱，其上为圆形仰莲瓣雕饰的须弥座；座上嵌置八棱柱体幢身，幢身顶部镌刻"御制中岳醮告文"七个篆书大字围绕幢身一周，字径6厘米×6厘米；篆额之下为真宗醮告全文，行书字体，字径1.5厘米×1.5厘米，文32行，满行38字，首行题"御制中岳醮告文"。书极似王羲之，或为王羲之集字，或因为刘太初善学王羲之所致。清叶封《嵩阳石刻集记》评其书曰："按太初为翰林待诏，以书为职，其书有唐人风，故可观也。"镌字者为中书省玉册官、御书院祗候沈庆、晋文宝两人。宋代凡奉敕书碑者，设有专官，皆为御书院祗候刻字，以共其事，其他朝代没有这样做的。幢身之上为幢刹二层，下层为八棱柱体，宽出幢身，每面浮雕图案装饰，工艺精细；上层是圆形仰莲石盘，盘身仰莲叶饰两层；圆盘之上有幢刹宝珠，已佚失。笔者根据现存幢文拓片，著录碑文，添加标点，碑身剥落的数字依据《嵩书》《嵩阳石刻集记》补齐，以让读者了解宋真宗《御制中岳醮告文》全文内容。碑文如下：

御制中岳醮告文

维大中祥符八年岁次乙卯壬子二月朔二十五日丙子，皇帝稽首上言：伏以列辟之规，有邦之典，必依凭于神化，用保佑于生民。《礼》存大享之言，《书》著咸秩之训。上下之祀，必在于交修；人神之和，乃臻于多福。所以励明诚于鉴寐，奉嘉荐于苾芬。庶使不测之灵，诞诏于忽怳；无疆之应，允洽于希微。窃念猥以眇躬，绍兹大宝。荷监观于穹昊，承积累于祖宗。致百福之来同，由三神之储祉。向自交驰玉帛，倒载干戈。尉候聊存，风俗无外。古先盛德之事，罔不繁兴；圆清眷佑之心，由其丕显。发春戒序，吉日协期，夕梦先通，祕文嗣降。既而徇邹鲁之望幸，修云岱之上封。绿错之图叠，承于锡羡；紫烟之燎言，获于升中。以至辑玉于魏脽，旋轸于郊郿。款后祇而躬祈穑事，朝山园而再展孝思。飙驭下临，璿源遽悟。珍台肇葺，宝字奉安。将以伸禋，追馨乾巩。定国阳之位，方苕乎天祺；诣涡曲之庭，先朝乎道祕。历平台而驻跸，尊艺祖而建都。盛则继扬，弥文悉举，率土修贡，舆诵多欢。律吕同环，未盈七载；礼容首冠，俄已三成。自先置之辰，汔饮至之日，鸿猷景铄，既已有融，美贶祯图，抑复无筭。尔乃甘泉滋液，神草纷披，珍木交柯，灵禽接羽，矞云炳蔚，嘉气氤氲。日月扬于荣辉，星宿应于瑞谍。考于曩古，盖坟史之未传；萃于方今，乃耳目而咸熟。至若齐璇玑之七政，和玉烛之四时，通范围之阙文，惠海域之黎献。千仓之积，盈储峙于大农；三尺之繁，措刑辟于司寇。顾惟眇薄，成此治平，欲阙报于百灵，用永安于九寓。乃询甲令于掌礼之官，乃访祕科于修真之士。载念始缮仪于岱岳，俄饮至于谯都。或丰厥牲牷，或絜斯苹藻，或崇坛而斯建，或靖馆而斯临。虽复钦翼内增，斋明上达，然而茫茫曾宙，杳杳方舆，其载无声，其功不宰。高也明也，岂神灶之所详知；经之纬之，岂竖亥之所徧步。穹壤之表，非可以臆论；鬼神之形，莫谐乎缕见。寒门所会，既秩序而靡彰；堡山所朝，亦壃宇而曷识？琁台珠阙，遐处于鸿蒙之中；金简琅函，莫尽于杳冥之际。其有默熙妙用，幽赞丕功，或命历之云毗，或造化之攸辅。烈风迅雨，仰其节宣；精气游魂，资其陶冶。或高处于清都紫府，或下居于名山祕洞，或德及庶物，世罔之闻；或力济群生，人弗之论。虽茂承于纯嘏，而终阙于丰䅲。兹谓弗钦，何伸大报！由是内怀颙若远考徧于，庶达寅威，以礿况施，矧复载稽地志，缅眺灵区，挺乔岳以莫方，号下都而分治。神乡福地，咸纪宝章；遐修醮席，缕形善祷，馨达至虔。夫国之所保者民，民之所尚者生，生之所切者食，食之所丰者岁。倘或疢疠靡作，富庶允登，寿考可期，顺成常洽。然后八荒之外，俗变风移；九服之中，道德齐礼。衣冠不异，何止于缓刑；文告靡施，孰烦于用武。是则天之佑也，神之顾也，敢不励乃志，惩乃心，以保乎盈成，以戒乎逸豫？兢兢为务，庶协于永图；翼翼在怀，实期乎来格。无任恳倒之至，谨言。

天禧三年九月日建。

翰林侍诏、朝奉郎、行少府监主簿、赐绯臣刘太初奉敕

137

书并篆额。

中书省玉册官、御书院祗侯臣沈庆、臣晋文宝镌字。

根据《四库全书》中的记载：

（大中祥符）七年十月十九日亲制《东岳醮告文》。八年三月十四日制南、西、北、中岳《醮告文》，刊石于庙。

在《古今图书集成》中也有类似记载：

大中祥符七年十月，上亲制《东岳醮告文》。大中祥符八年三月，制南、西、北、中岳《醮告文》，刊石于庙。

由文献记载可知，宋真宗在大中祥符七年至八年，为醮告五岳，亲制五岳醮告文，遣使醮告，并分别在五岳山祠神庙中建坛构亭，竖立石柱，刻醮告文于其上。宋真宗御制醮告五岳的五通告文石幢，只有《御制中岳醮告文》石幢完好地保存到现在。2009年10月，河北省曲阳县北岳庙进行环境整治期间，发现一块残石柱，残高1.6米，完好的三面存有可识文字五百余，经查证，此石柱即是已佚失百年的宋真宗《御制北岳醮告文》。

《御制中岳醮告文》石幢是祠庙承办国家礼祭活动礼成时留下的实物见证，具有浓厚的道教色彩。但就宋真宗撰写的《中岳醮告文》内容，有"《礼》存大享之言，《书》著咸秩之训""九服之中，道德齐礼。衣冠不异，何止于缓刑"等语句，明显看出有儒家文化的特性。观看《御制中岳醮告文》石幢造型，基座、幢刹有"仰覆莲须弥座"和"双层仰莲盘"，整体"形如经幢"，佛教特色明显。因此，《御制中岳醮告文》石幢在一定程度上反映出宋真宗时期儒释道三教文化融合发展的特征。

诏封中岳尊号

大中祥符四年（1011年）五月，宋真宗下诏加封五岳尊号，中岳神曰"中天崇圣帝"。同时下诏让翰林学士李宗谔等人，与礼官详定加封、祭祀嵩岳礼仪，中岳神的礼冠服饰制度，特别是写有"中天崇圣帝"五字的玉册（玉简）和皇帝祭祀祖宗的玉册（玉策）形制一样。诏遣摄太尉、右谏议大夫、龙图阁直学士陈彭年和副使摄司徒、光禄少卿沈继宗等人恭奉皇帝加封诏书和中岳神帝服饰、帝号玉册等，从京都汴梁来到嵩山中岳庙，按朝廷制定的册封礼仪举行隆重的加封中岳帝号仪式。并祭告中岳曰：

钟石既作，俎豆在前。云旗飞扬，神光肃然。当驾飚欸，来乎青圆。言备缛礼，亨兹吉蠲。

右迎神。节彼乔岳，神明之府。秩秩威仪，肃肃云宇。懿号克崇，庶物咸都。帝藉升名，式绥九土。

右册入门。岩岩神岳，作镇中央。肃奉徽册，尊名孔章。聿降飚驾，载献兰觞。熙事允洽，宝祚弥昌。

右酌献。祇荐鸿名，寅威明祀。有楚之仪，如在之祭。莫献既终，礼容克备。神鉴孔昭，福禧来暨。右送神。

天安殿册封乐章曰：名岳莫方，帝仪先举。吉日惟良，

九宾咸旅。温玉缕文，繡裳正宇。礼备乐成。荐神之祐。（见《嵩书》）

十一月，宋真宗下诏加封五岳帝后号，中岳帝后号曰"正明"。此次真宗加封中岳帝及帝后尊号，是继武则天于天册万岁元年（695年）腊月丁亥加封中岳神为"神岳天中黄帝"、中岳神妃天灵妃为"天中黄后"之后的第二次敕封。

中岳尊号加封礼成，真宗敕令翰林学士王曾撰写《大宋中岳中天崇圣帝碑铭并序》，记述嵩山的钟灵毓秀、历代祭封情况和真宗加封"中岳中天崇圣王曰'中天崇圣帝'"的经过等。三年后的大中祥符七年（1014年），翰林待诏白宪奉敕书丹并撰额，中书省玉册官王钦刻字，《大宋中岳中天崇圣帝碑铭并序》于同年九月七日刻立在中岳庙东华门内，保存至今。该碑由土衬石、碑趺、碑身、碑首四部分组成，通高 7.32 米，面西背东。土衬石呈方形，露出地面少许；其上有两层垫石，方形，下层垫石略小于土衬石，上层垫石小于下层垫石；再上为龟趺，高 0.97 米，长 2.8 米；龟趺擎起的碑身和碑首高 5.75 米，宽 1.63 米，厚 0.52 米。碑首雕造六龙盘首，线条粗犷，刀法简练，形象逼真。碑文行书 33 行，满行 82 字，字径 3.5 厘米。北宋时建有碑楼，元末毁废。碑文剥落十余字。

增修嵩山中岳庙

　　中岳庙是历代官民祭祀中岳嵩山的场所。据记载，有73位帝王或亲至，或遣使至中岳庙礼祭嵩岳。北宋时期，中岳庙的全称为"嵩岳天中王庙""中岳中天崇圣帝庙"等，"中岳庙"是其简称。宋真宗颁诏于大中祥符六年夏月至八年夏月（1013—1015年）增修中岳庙，这次增修使中岳庙占地规模宏大，庙墙绵延高厚，庙墙内的殿阁屋檐相互接连，雕梁画栋，金碧辉煌，殿檐下的匾额用玉石做成，在阳光映照下熠熠生辉，华丽无比。这次"增修殿宇，并创造碑楼八百五十间，塑神像及装修新旧功德画壁等四百七十所"（见宋陈知微《大宋增修中岳中天崇圣帝庙碑铭并序》）。增修后的中岳庙呈现"崇墉缭绕，屹若云联；秘宇深沉，呀如洞启；文槐镂槛，灿琳碧以相辉；银牓琁题，对烟霞而寻彩"的盛况。此次增修是宋代规模最大的一次，为今天的庙制奠定了基础，使中岳庙进入鼎盛时期。

　　增修工程竣工，宋真宗敕令朝散大夫陈知微撰写《大宋增修中岳中天崇圣帝庙碑铭并序》，翰林待诏沈政、邵义等镌刻成碑，于岳庙增修竣工后的第7年即乾兴元年（1022年）六月十六日竖立在岳庙西华门内，当时建有碑楼，元代末年毁废，今仅存石碑，面东背西。碑文33行，行满76字，行书字体，字径3厘米，主要记述了五岳的诞生和作用，强调了中岳的地位，引经据典地说明了历代皇帝祭祀中岳的原因和真宗礼给中岳神的优厚待遇，及增修中岳庙的经过等。该碑由土衬石、碑趺、碑身、碑首四部分组成，通高 5.77 米。土衬石呈长方形，长 2.98 米、宽 2.05 米，露出地表高 0.27 米；其上为龟趺，高 0.72 米，东西长 2.45 米，南北宽 1.53 米；碑趺之上的碑身和碑首，高 4.87 米，宽 1.52 米，厚 0.50 米；额雕六龙盘首。碑文撰者陈知微（968—1018 年），字希颜，江苏高邮人。咸平五年（1002 年）甲科进士，历任三司户部判官、太常博士、京东转运副使、湖南路转运使等职。《宋史》称其文："辞藻无奇采，而平雅可用。"

真宗御容奉祭嵩山崇福宫

御容，是皇帝的画像。

乾兴元年（1022 年）三月二十三日宋真宗崩逝，真宗的第六子赵祯即位，史称宋仁宗。因其即位时年仅 13 岁，由皇太后刘氏代行处理军国事务，次年改元天圣。明道二年（1033 年）三月，刘太后去世，四月赵祯亲政。执政伊始，治国方略仍然沿用了父亲真宗赵恒在位时发展农业生产保民生、加强吏治管理防贪腐、倡兴文教事业培育人才等理念。为塑造良好的社会风尚，仁宗开始推行儒家提出的仁义礼智信、温良恭俭让、忠孝廉耻勇等道德准则，借助纪念已经去世的父亲、宋真宗赵恒的活动，来引起社会各界的广泛关注，以产生良好的社会影响。

仁宗皇帝曾命宫廷书画家完成真宗赵恒的画像，像成，仁宗非常满意，让范仲淹恭护真宗赵恒御容从京都汴梁（今河南省开封市）到嵩山崇福宫御容殿奉置，方便民众朝谒。这件事影响很大，几乎人人皆知，一时间，从东京汴梁、西京洛阳到嵩山拜谒真宗画像的官员和百姓络绎不绝。"四方达人高士自远而至，皆有向往之心"是当时的真实写照。真宗画像奉挂之初，迎来的第一批拜谒名人就是从洛阳来嵩山游览的欧阳修、梅尧臣、杨愈、谢降、尹洙、晏殊、晏几道等人，他们和范仲淹等人不约而同地在嵩山崇福宫会合，将礼祭活动举办得轰轰烈烈、热热闹闹，达到了仁宗皇帝预想的效果。

这件事，傅梅在《嵩书》卷六"宦履篇·宋范仲淹"中记载：

> 尝奉真宗御容崇福宫，登高履胜，与欧阳修、梅圣俞有嵩山唱和诗十二章，今传于世。

清景日昣《说嵩》卷十七"传人二·宋范仲淹"也记载：

> 尝奉真宗御容崇福宫，登高履胜，与欧阳修、梅圣俞唱和焉。

嵩山现在还保留有数通北宋时期的碑碣，均为到嵩山崇福宫真宗画像前拜谒的官员亲笔题写的题记。如大观四年（1110年）十一月二十九日，已经临近春节，京西转运使张果持宋徽宗赵佶旨到嵩山崇福宫拜谒；政和四年（1114年）孟夏十月有八日，王郅、陈彪炳、王渊等人至崇福宫参拜祭祀；政和四年（1114年）十二月十一日，康厚等数人恭谒崇福宫。

崇福宫不是一般寺庙，也不是普通祠堂，而是仁宗皇帝专为真宗皇帝祝厘（禧）和祈求福佑而辟建的场所。凡宫中主事者，都由朝廷委派朝官充任，因为是为皇帝祈福，朝臣引为无上荣耀，往往是"力请而后授"。据记载，先后在崇福宫做过提举、管勾诸官的名流，有范仲淹、司马光、吕海、程珦、程颢、程颐、李纲、朱熹等二十余人。

如今的崇福宫位于登封市区崇福路北端偏西 200 余米处的嵩山万岁峰下，占地 5000 多平方米，保存清代建筑三元殿、玉皇殿、泰山殿、龙王殿和近年复建的大门、御容殿、东配殿、西配殿、泛觞亭等，元代以后碑刻 4 通，皂角、侧柏等古树 20 余株。2019年 10 月 7 日被国务院公布为第八批全国重点文物保护单位。

结　语

根据《宋史·礼志》《宋史·真宗本纪》《嵩书》等文献记载和嵩山地区现存与宋真宗有关的文物史迹来看，真宗皇帝虽没有亲至嵩岳巡幸或致祭，但其遣使祭祀嵩山、亲自望祭嵩山、遣使醮告嵩山、下诏加封嵩山、敕令增修嵩山神祠等礼制活动影响深远，以至于后来民间口口相传真宗曾幸临嵩山，并留下诸多遗迹。如明天启三年（1623 年）二月二十一日，徐霞客游嵩山登临主峰峻极峰，见到山巅一眼水井，遂问樵夫是何时何人所凿，樵夫答曰："是宋真宗避暑嵩顶所凿挖也。"徐霞客据此在《游嵩山日记河南河南府登封县》中记述道：

> 又北上三里，始跻绝顶，有真武庙三楹。侧一井，甚莹，曰御井，宋真宗避暑所浚也。

其实，此井名"天中池"，又名"天中井"，至迟在南北朝就已经颇有名气，北朝时期文学家庾信《温汤碑》中已有"嵩岳天中池"的记述。明朝傅梅《嵩书》记载："天中池在太室之巅，其水甘洌，冬夏不涸。庾开府《温汤碑》曰'嵩山三仙之馆，不孤擅于天中池'，即指此也。"

总而言之，嵩山作为五岳名山中的中岳，在宋真宗心目中占有非常重要的地位，《宋史》《嵩书》《说嵩》等文献的诸多记载和嵩山现存与真宗有关的《御制中岳醮告文》石幢、《重修中岳庙碑纪》《大宋中岳中天崇圣帝碑铭并序》等文物，便可充分证明这一点。凿凿史证，也说明致祭、诏封中岳是北宋朝廷礼制活动不可或缺的一部分，因为祭祀、加封中岳寄托着真宗皇帝保国佑民、富民强国的美好愿景。所以，厘清真宗赵恒与嵩山的文化渊源，既填补了嵩山文化研究中的缺项，又对当下时兴的文旅、研学推介有着重要价值。

范仲淹与嵩山

范仲淹（989—1052 年），字希文，北宋名臣，著名政治家、文学家、军事家、教育家。祖籍邠州（今陕西省彬州市），后迁居苏州吴县（今江苏省吴县）。大中祥符八年（1015 年）进士，历任广德军司理参军、集庆军节度推官、兴化县令、秘阁校理、陈州通判、苏州知州、陕西经略安抚招讨副使、参知政事，以及邠州、邓州、杭州、青州知州。皇祐四年（1052 年），范仲淹改知颍州，带疾赴任，行至徐州，与世长辞，享年 64 岁。谥号"文正"，世称"范文正公"。范仲淹的文学素养很高，名篇《岳阳楼记》中"先天下之忧而忧，后天下之乐而乐"为千古名句。

天圣十年（1032 年）春天，范仲淹莅临嵩山，畅游嵩岳美景，留下一段脍炙人口的佳话。

"奉真宗御容崇福宫"，讲学嵩阳书院

宋仁宗赵祯是真宗赵恒的第六子，天圣元年（1023年）登基做了北宋的第四任皇帝，君临天下伊始，治国方略仍然沿用了父亲真宗赵恒在位时的发展农业生产保民生、加强吏治管理防贪腐、倡兴文教培育人才等理念，经过近十年的实践，取得了一定成效。为倡导良好的社会道德准则，推行仁义礼智信、温良恭俭让、忠孝廉耻勇等儒家的传统美德，在民间形成良好的社会氛围，借助纪念去世的父亲、宋真宗赵恒的活动，期望引起社会各界的广泛关注，产生良好的社会影响。

天圣十年（1032年）是宋真宗赵恒去世的第11年，仁宗皇帝命令宫廷书画家绘制真宗赵恒的画像，并让范仲淹恭请真宗赵恒画到嵩山崇福宫奉安，便于让大家朝谒。这件事影响很大，几乎人人皆知，一时间，从东京汴梁（今开封）、西京洛阳到嵩山拜谒真宗画像的官员、文人和百姓，竟然络绎不绝。"四方达人高士自远而至，皆有向往之心"是当时的真实写照。真宗画像奉挂之初，迎来的第一批拜谒名人，就是从洛阳来嵩山游览踏青的欧阳修、梅尧臣、杨愈、谢降、尹洙、晏殊、晏几道等人，他们和范仲淹等人不约而同地在嵩山崇福宫会合，礼祭活动举办得轰轰烈烈，热热闹闹。达到了仁宗皇帝预想的效果。

这件事，明傅梅《嵩书》卷六记载：

范仲淹尝奉真宗御容崇福宫，登高履胜，与欧阳修、梅圣俞有嵩山唱和诗十二章，今传于世。

清景日昣《说嵩》卷十七亦记载：

范仲淹尝奉真宗御容崇福宫，登高履胜，与欧阳修、梅圣俞唱和焉。

御容，就是皇帝的画像。在崇福宫奉安真宗御容（画像），是件大事，很多官员、社会名流都到嵩山崇福宫真宗像前朝谒。如大观四年（1110年）十一月二十九日，已经临近春节，京西转运使张杲持宋徽宗赵佶旨意到嵩山崇福宫拜谒；政和四年（1114年）孟夏十月有八日，王郅、陈彪炳、王渊等人至崇福宫参拜祭祀；政和四年（1114年）十二月十一日，康厚等数人恭谒崇福宫。如上述朝谒史料还有许多，恕不一一罗列。

崇福宫不是一般寺庙，也不是普通祠堂，而是仁宗皇帝专为真宗皇帝祝厘（禧）和祈求福佑而辟建的场所。凡宫中主事者，都由朝廷委派朝官充任，因为是为皇帝祈福，朝臣引为无上荣耀，往往是"力请而后授"。据记载，先后在崇福宫做过提举、管勾诸官的名流，有范仲淹、司马光、吕诲、程珦、程颢、程颐、李纲、杨时等20余人。

因崇福宫毗邻嵩阳书院，书院自五代后唐开始，讲学之风浓烈。范仲淹有早年在应天书院读书和讲学的经历，因此他的嵩山之行，书院讲学必不可缺少。因为是和众位朋友在一起讲学，主要听众是书院生徒，范仲淹一反平日严肃刻板模样，讲到动情处，或击掌高歌，或迎风长啸，其自然无拘无束的讲态让听者也自由随性，乐也、趣也！

行走嵩山，"览胜十二景"

宋代嵩山的游览活动是很兴盛的，北宋骆文蔚《重修中岳庙记》碑中说："千里匪遥，万人斯集。歌乐震野，币帛盈庭。陆海之珍，咸聚于此。"就是很好的诠释。游览活动具有广人见闻、增长知识、放松身心、洗涤心境等作用，"读万卷书，行万里路"的说法正是在宋代形成雏形。而宋代的大部分官员是饱读诗书之士，对游览的理解更为透彻。他们具有旺盛的游览需求、不菲的经济收入和较多的闲暇时光，成为宋代游览嵩山的中坚力量。

范仲淹借助"奉真宗御容嵩山崇福宫"这一官方活动，完成了行走嵩山览胜的心愿，他在朝谒真宗御容之余，登嵩山、访名胜、探古迹，拉开了"自由之旅"的帷幕，从其唱和诗文可见当时心情。从范仲淹的诗中，可以领略到宋代嵩山这十二处著名文化和自然景观的历史内涵与独特风景。

首先来看看公路涧。公路涧，又名袁公涧，位于嵩岳太室山西麓、少室山阴，涧水向北注入洛水。相传东汉末年，袁术和袁绍曾屯兵于此，与曹操对垒，因袁术字公路，故得名公路涧。范仲淹的诗从大处着手，叙述了公路涧水发源于嵩山深处，向北汇入洛河，一路上云雾缭绕，似乎连接了银河仙境；接着回忆袁术和曹操在此地驻扎百万大军，进行博弈；最后讲述近代没有发生战争，人们会经常来此地凭吊怀古。由此观之，范仲淹重点在于追忆过去、怀古和抒发感情。

离开公路涧，来到拜马涧，两涧相距不远，皆在嵩山西麓。范仲淹诗文开篇讲述了王子晋在此成仙的传说，王子晋成仙之日，人们在拜马涧看到"子晋弃所乘马，于涧下饮龁如初，子晋乘白鹤升天。是时，群官拜别。回拜所乘马，马亦飞空而去"（见《嵩书》）。范仲淹不但将"王子飞升"这个典故讲得清清楚楚，还联想到了"一人得道，鸡犬升天"的故事。

从拜马涧过轘辕关，进入嵩山太室山和少室山之间的山间小道。古人写嵩山的诗，都是歌颂名胜风光之作，范仲淹来此，也被嵩山仙境般的自然风光所吸引，用大气磅礴的文风记述了二室道中景况。他在诗的首句用"森耸"和"飞动"两词抓住了太室、少室两山的特征：太室山雄伟高耸，少室山凌空欲飞；其后写道，两山相对，云霞弥漫其中，人游此地，恍如进入仙境洞府。范仲淹用简明的语言生动地表现了嵩山二室道的特点。

走出两山之间的蜿蜒小道，来到登封县城。出登封县城北门北行不远，即来到峻极寺中院，攀登嵩山主峰的旅途才算正式开始。古往今来，这条道路不知走过游嵩旅客，范仲淹就属其中之一。在卷帙浩繁的游嵩诗文中，唯独范仲淹的诗被认为写得最有气势，这首诗的名字是《自峻极中院步登太室中峰》。诗的最后一句"不来峻极游，何能小天下"，充分表现了范仲淹不畏艰难，攀登嵩岳绝顶，俯视中原大地时畅快淋漓的心情，成为歌咏嵩山的千古佳句。与唐代杜甫歌颂泰山的名句"会当凌绝顶，一览众山小"有异曲同工之妙。

范仲淹登嵩途中路过玉女窗，《嵩书》卷二记载："玉女窗在太室之上，石洞幽洁，上通日月，四壁朗然，古人谓之玉女窗。"范仲淹的诗是咏物寄兴，从幽洁雅静的玉女窗联想到漂亮的玉女，进而规劝"玉女"不要做出诱惑君王的不良举动，体现出一名忠贞贤臣的良好心愿。

玉女捣衣石距玉女窗不远，《嵩书》卷二载："捣帛石，一名玉女捣衣石。在太室顶，莹彻光洁，相传玉女捣帛其上，山中之人，每于立秋前一日中夜闻杵声焉。"范仲淹从玉女窗行至玉女捣衣石，先看见石旁"大篆七字"，因字"人莫能识"，说出"金文与铁色，璨璨知千古"，证明这几个字确实由来已久。站立玉女捣衣石旁，对玉女捣衣的传说故事提出了质疑，发出了谁曾听过捣衣之声的问询。

走过玉女窗和玉女捣衣石后，他来到嵩山天门。《嵩书》卷二载："嵩山天门在太室中峰之西，两岩对起，中豁一门，自下登之，极天无际。门之左右，峰峦层叠，奇形怪势，不可殚述。"嵩山鬼斧神工造就的奇峰怪石深深吸引了范仲淹。在诗中，他把这里描绘为人间绝美景色之地，灏气熙然，田野、云雷皆在其下，进一步借景说出上天威严不能远离大众，不能产生欺瞒上天之意，展现出一位伟大政治家的胸怀。

天门泉在"太室天门之侧"。高高山上，有一泠然作响的泉水，清澈透底，清净得犹如尘埃还没有飘到这里，如此好的泉水肯定是喜煞见者。范仲淹刻意描述天门泉的纯净与高洁，引申出只有像伯夷、叔齐这样的碧血丹心人士，才无愧饮用天门泉水。看来，范仲淹时刻不忘道德操守，处处以前贤为典则，激励自己和后人。《天门泉》诗即可为证。

天门泉后不远是天池，天池又名天中池、中天池，"在太室之巅，其水甘冽，冬夏不涸。北周文学家庾信《温汤碑》曰：'嵩山三仙之馆，不孤擅于天池'，即指此也"（见《嵩书》卷三"中天池"）。古人说，天中池是接天通地的天眼，池中水如甘露，神仙经常来此取水饮用。范仲淹登临嵩岳主峰，站在天池前，心生无限感慨，忽然间，竟联想到了屈原的名句："沧浪之水清兮，可以濯吾缨。"

"三醉石在太室顶八仙坛上，石形有三醉人欹偃之状。宋范、欧、梅诸公登嵩，各有诗咏之。"（见《嵩书》卷二）来到三醉石，目睹大自然的造化，奇异的自然景观还被人们赋予了深厚的人文气息，此情此景，瞬间使范仲淹羡慕起"酒醉人"来。

峻极寺位于嵩山主峰峻极峰东侧的松树凹中。《嵩书》中记载："峻极寺有三院，在中峰者为上院，在山麓者为中院，在西关者为下院。"范仲淹来到上寺门前，不停地来回走动，四下观望幽美寂静的嵩山风光，呼吸着清净舒适的山中空气，心情格外地静谧舒坦，不由得赞叹道：这座寺院怎么建在这么好的一个地方呢?

范仲淹最后登上嵩山主峰峻极峰，心情一直很是舒畅，自称是"逸客"，仿佛已经超越了尘世间的"俗务"，站立中岳嵩山绝顶，"回看"中原大地，验证周公测景位置，深深相信"天地之中"说法不假。为纪念这次非比寻常的登山之旅，范仲淹用夸张的语言表达了自己欢乐的心情："念此非常游，千载一披襟。"范仲淹称这是他有生以来第一次敞开胸襟，反映了嵩山峻极峰对他的影响之大。

这十二处景观，经过范仲淹和欧阳修、梅尧臣的讴歌后，声名大增，游嵩之人纷至沓来，以感受嵩山名胜风景的壮美和神奇。从留下的众多赞美诗词歌赋来看，再也没有能超越范仲淹、欧阳修、梅尧臣"游嵩山十二题"的诗文。

嵩山雅集，"唱和诗十二章"

天圣十年（1032年）春天，范仲淹、欧阳修、梅尧臣、杨愈、谢绛等人于嵩山偶遇。这一年，范仲淹43岁，欧阳修25岁，梅尧臣30岁。范仲淹等人是从开封向西，经郑州、巩县（今河南省巩义市），入辕辕关到登封；而欧阳修等人则是从洛阳东行，经过洛阳县、偃师县，入辕辕关来到登封县。道路行走方向虽然不同，但在嵩山游览的景观是一样的。嵩山之行接近尾声，年轻的欧阳修总觉得嵩岳览胜意犹未尽，提议大家在嵩山主峰峻极峰下的嵩阳书院举行雅集活动，闲叙游嵩心得，得到范仲淹、梅尧臣等人的热烈响应。

雅集活动，源于古代，专指文人雅士吟咏诗文、议论学问的集会。通过雅集活动，因时、因地、因主题而创作的诗词歌赋，具有鲜明的地域文化色彩。范仲淹、欧阳修、梅尧臣等人的雅集活动，是嵩阳书院历史上极为重要的一次文化活动。

雅集盛会上，欧阳修讲述了游览嵩山十二处名胜古迹的感受，吟诵组诗十二首，总名为《嵩山十二首》；梅尧臣步其后，也吟诵游嵩组诗十二首，总名为《同永叔子聪游嵩山赋十二题》，明确交代了出游的人员；范仲淹也唱和了《和人游嵩山十二题》诗文，在这十二首诗中，景点名称、诗文题目和欧阳修、梅尧臣的一样，只不过文辞修饰、文意内涵有些不同。他们环坐满引，所讲、所谈均把嵩山文化景观与自然美景融入文学话题，"宋代士人群聚之时，性喜讲摩，其间往往有文学技巧的竞技、文学观念的交流"（参见杨挺《宋代讲摩风气及其对文学的影响》，48页）。由此观之，此次嵩山同游，范仲淹所见、所思全都通过咏嵩诗文反映了出来。明代登封知县傅梅在《嵩书》、清初景日昣在《说嵩》、清洪亮吉在《登封县志》中，均记述此事并载录诗文。参加这次雅集活动的都是享誉古今的文化名人，所留诗文，字里行间流露出他们对嵩山的热爱和流连忘返的心情。

嵩山对于范仲淹的影响，更多的是体现在诗艺方面。他亲临嵩山，将举目可见的山林、悬崖、寺庙等变为直观的文字表述对象，用文学手法记述了嵩山千百年前的景貌，弥足珍贵。为使更多的读者赏读范仲淹的游嵩山诗，根据《范仲淹全集·范文正公文集》卷二《和人游嵩山十二题》和《嵩书》《说嵩》《登封县志》等诗词歌赋部分，将其诗作摘录于后：

公路涧

曹公与袁绍常争据此地。

嵩高发灵源，北望洛阳注。

清流引河汉，白气横云雾。

英雄惜此地，百万曾相距。

近代无战争，常人自来去。

拜马涧

子晋登仙，遗马于此，乡人见之皆拜。

传闻王子仙，涧边遗一骥。

当时青云路，鸡犬亦可致。

未必真龙媒，悠悠在平地。

二室道

太室何森耸，少室欲飞动。

相对起云霞，恍如游仙梦。

何以宠此行，行歌降神颂。

自峻极中院步登太室中峰

白云随人来，翩翩疾如马。
洪崖与浮丘，襟袂安足把。
不来峻极游，何能小天下。

玉女窗

窈窕玉女窗，想像玉女妆。
皎皎月为鉴，飘飘霓作裳。
莫学阳台梦，无端惑楚王。

玉女捣衣石

但见岩前砧，谁闻月下杵。
金文与铁色，璨璨知千古。
试问捣衣仙，何如补天女。

天　门

天门绝境游，熙然挹灏气。
下顾莽苍间，云雷走平地。
天威不远人，孰起欺天意。

天门泉

天门有灵泉，埃尘未尝至。

日月自高照，云霞亦辉庇。

惟抱夷齐心，饮之可无愧。

天　　池

岳顶见天池，神异安可度。

勿谓无波涛，云雷有时恶。

乘此澄清间，吾缨可以濯。

三醉石

巍巍八仙坛，上有三醉石。

怜此高阳徒，如乐华胥域。

憔悴泽边人，独醒良可惜。

峻极上寺

徘徊峻极寺，清意满烟霞。

好风从天来，吹落桂树花。

高高人物外，犹属梵王家。

登太室中峰

嵩高最高处，逸客偶登临。

回看日月影，正得天地心。

念此非常游，千载一披襟。

范仲淹和欧阳修年龄相差 18 岁，和梅尧臣年龄相差 13 岁，但是这些文学大家却在嵩山相会，并举行文学雅集活动，互叙友情，切磋学识，被后人传为佳话。诗以山丽，山以诗传。这次聚会，为嵩山增色不少。

二程与嵩山

二程，即程颢、程颐兄弟。兄程颢（1032—1085 年），字伯淳，世称明道先生；弟程颐（1033—1107 年），字正叔，世称伊川先生。北宋时期著名的思想家、教育家，创立了"洛学"学派。二程长期居住和讲学的嵩洛地区，是宋明理学的重要发源地。嵩山地区有关二程的史迹本来是很多的，但因"代远年湮，断碑残碣与荒烟蔓草俱尽"。二程行迹给嵩山增添了耀眼的文化光环，本文爬梳文献，依据史迹钩沉二程嵩山活动脉络，对研究、弘扬、传承嵩山文化有着重要的积极意义。

二程讲学嵩阳书院

二程讲学，是嵩阳书院的辉煌时期。"嵩阳书院，宋藏经处，两程子置散投闲与群弟子讲学地也。""考宋初天下有四大书院，嵩阳其一。天子尝驿致经书，俾生徒肄业，率至数十百人。庆历、嘉祐间，河南两程子先后提点嵩山崇福宫，人因以此为过化地也。"宋太宗赵匡义、真宗赵恒先后赐九经入藏嵩阳书院；太宗赵匡义、仁宗赵祯先后御赐院额；仁宗赵祯先后赐给学田累计 1100 亩。二程讲学，使嵩阳书院步入最兴盛时期，"嵩阳、岳麓、睢阳及是洞为尤著，天下所谓四书院者也""嵩阳书院既为四大书院之首"。

二程作为宋明理学的奠基者，极大地推动了中国传统儒学的发展。"二程"的父亲程珦"厌于职事，丐就闲局，管勾西京嵩山崇福宫"，为侍奉父亲，二程先后移居嵩山。管勾，亦作官句，是管理嵩山崇福宫的祠官。二程闲暇间讲学于此，一时盛况空前，"士大夫从之讲学者，日夕盈门，虚往实归，人得所欲"。这一时期的嵩山崇福宫，"有韩维、吕海、司马光、程颢、程颐、刘安世、范纯仁、李刚、王居安、崔与之，主管崇福宫者，皆大世名贤"，因熙宁变法而"嵩始得而有之"，嵩阳书院成为这些名流硕儒进行文化会讲的场所。各种不同的学术观念在此汇集交锋、相互砥砺，为二程学术思想的形成提供了诸多可供借鉴的资源以及自由开放的学术氛围。

《识仁篇》是程颢于北宋元丰二年（1079 年）在嵩洛地区讲学时的语录，门人吕大临记录，原题《元丰己末吕与叔东见二先生语》，后人选取其中一则，冠以"识仁篇"之名，历来被认为是程颢教育思想的代表作。黄宗羲说："明道之学，以识仁为主。"

刘宗周说："程子首言识仁，不是教人悬空参悟，正就学者随事精察力行之中。"

程颐所撰视、听、言、动四箴，是对孔子所言的"非礼勿视，非礼勿听，非礼勿言，非礼勿动"寓意的进一步阐发，称为"程子四箴"。"箴"是规劝、告诫的意思。宋代嵩阳书院即刻有《程子四箴碑》，被推为书院之"学制纲条"，儒师、生徒皆为遵行。后因战火，《程子四箴碑》损毁，片石无存。明世宗朱厚熜推行理学，亲自注解，颁行天下学宫、书院，《程子四箴碑》于"嘉靖丁亥（1527年）季冬越三日"刻成，复立于嵩阳书院，虽历经近 500 年风雨浸蚀，碑文斑驳，却仍然可识。文录如下：

嵩阳书院存"程子四箴"碑文

［宋］程颐

颜渊问"克己复礼"之目，夫子曰："非礼勿视，非礼勿听，非礼勿言，非礼勿动。"四者身之用也，由乎中而应乎外，制于外所以养其中也。颜渊事斯语，所以进于圣人。后之学圣人者，宜服膺而勿失也。

视箴

心兮本虚，应物无迹；操之有要，视为之则。蔽交于前，其中则迁；制之于外，以安其内。克己复礼，久而诚矣。

听箴

人有秉彝，本乎天性；知诱物化，遂亡其正。卓彼先觉，知止有定；闲邪存诚，非礼勿听。

言箴

人心之动，因言以宣；发禁躁妄，内斯静专。矧是枢机，兴戎出好；吉凶荣辱，惟其所召。伤易则诞，伤烦则支；己肆物忤，出悖来违。非法不道，钦哉训辞。

动箴

哲人知几，诚之于思；志士励行，守之于为。顺理则裕，从欲惟危；造次克念，战兢自持。习与性成，圣贤同归。

元祐七年（1092年），程颐60岁，这一年的五月十日，"差管勾嵩山崇福宫"，程颐写《谢管勾崇福宫状》，呈哲宗赵煦"谢恩就职"。程颐于嵩山崇福宫任管勾之职有五年多的时间，到绍圣四年（1097年）十一月，已经65岁的程颐，被贬至四川涪州（今重庆市涪陵区）。

二程在嵩阳书院讲学的时间断断续续长达二十余年，这一时期，二程没有深入参与熙宁变法，因此有充裕的时间著书立说，授徒讲学，推动了书院教学的发展，也充分体现了他们作为儒家士大夫深切的忧患意识和济世情怀。二程在嵩阳书院讲学主要是阐扬理学，以学问为己任。二人最大的贡献，在于以"天理"二字统领其学术思想，构建了一个"天理"为最高本体的观念体系……使儒学理论提升到了一个"世界统一性"的哲学高度，有效地扭转了唐末至宋初儒学在精神信仰领域的颓势。

二程与"吾道南矣""程门立雪"

"吾道南矣""程门立雪"两个历史典故是因杨时等人求学二程而流传后世,成为古今尊师的典范和榜样。嵩阳书院保存的"道南台""程门立雪处(台)"历史遗迹,古往今来到此探胜、访古者络绎不绝。

一、"吾道南矣"旧址

"吾道南矣"历史典故来源于杨时(1053—1135年)师学程颢。据《宋史·杨时传》记载:

> 杨时字中立,南剑将乐人。幼颖异,能属文,稍长,潜心经史。熙宁九年,中进士第。时河南程颢与弟颐讲孔、孟绝学于熙、丰之际,河、洛之士翕然师之。时调官不赴,以师礼见颢于颍昌,相得甚欢。其归也,颢目送之曰:'吾道南矣。'四年颢死,时闻之,设位哭寝门,而以书赴告同学者。至是,又见程颐于洛,时盖年四十矣。一日见颐,颐偶瞑坐,时与游酢侍立不去,颐既觉,则门外雪深一尺矣。……德望日重,四方之士不远千里从之游,号曰龟山先生。

元丰四年(1081年),29岁的杨时被授予徐州司法之职没有赴任,而是千里迢迢来到颍昌参拜著名学者程颢为师,研习理学,由于成绩卓异,与游酢、吕大临、谢良佐并称程门四大弟子。杨时学成南归,程颢站在门前目送远去的杨时,感慨地说:"吾道南矣！"四年后，程颢去世。

清代学者全祖望在《宋元学案·龟山学案》中也有关于"吾道南矣"的记述：

> 二程得孟子不传之秘于遗经，以倡天下，而升堂睹奥，号称高第者，游、杨（时）、尹、谢、吕其最著也。顾各子各有所传，而独龟山之后，三传而有朱子（朱熹），使此道大光，衣被天下，则大程"道南"目送之语，不可谓非前谶。

这里的"道南"，是指杨时学成南归时，老师程颢站在书院大门前的平台上目送远去的杨时说："吾道南矣！"而杨时不负老师期望，回到江南后，开创东林书院，大力传播二程理学。"三传而有朱子"，是指杨时传之罗从彦，罗从彦传之李侗，而朱熹师学于李侗，朱熹可以说是二程的四传弟子。朱熹以二程学说为本，兼取诸家之长，最终集理学之大成，完成了对旧儒学的学术创新。从二程到朱熹，经过众多弟子的传播与发展，系统的新儒学思想体系终于形成，被称为"程朱理学"，之后发展为宋明理学。因此，朱熹之学和二程先生、杨时是一脉相承，同出一地。以二程及南宋朱熹为代表的宋明理学能够发扬光大，成为以后影响我国封建社会达七百年之久的文化思想理念，是和嵩阳书院当时这种浓郁自主的学术气氛分不开的。

现在嵩阳书院大门前的平台，即为"道南台"，又称"吾道南矣处"。原为土台，台前西偏道路蜿蜒而行，路面由不规则的小山石铺砌而成，长时间任由行人踏磨，圆润光滑。30 年前，在整治嵩阳书院环境时，台南边用方形青石垒砌成挡土墙，水泥沟缝；把原来的沙土台面，先用水泥方砖铺砌，后改用长方形青石条铺砌。

二、"程门立雪"旧址

杨时、游酢师学程颐时"程门立雪"典故的最早史料记载，主要有两个。

一是《二程语录·侯子雅言》："游、杨初见伊川，伊川瞑目而坐，二人侍立，既觉，顾谓曰：'贤辈尚在乎？'日既晚，且休矣。及出门，门外之雪深一尺。"《侯子雅言》的作者侯仲良，字师圣，是宋代理学学者，程颐的亲表弟（舅舅的儿子），他对这件事的了解和记述应该更清楚、更准确。

二是《宋史·杨时传》，前文已录有引文，此不赘述。

宋哲宗赵煦元祐八年（1093 年）五月，41 岁的杨时，第二次来到洛阳，按照十余年前的行程，先到洛阳嵩县程村，再到洛阳伊川县伊皋书院寻拜程颐先生，最后到达嵩阳书院时已是冬天。一天杨时和游酢去嵩阳书院拜见程颐，天正下着大雪，程颐正在讲堂内的火炉旁闭目静坐。杨时与游酢不敢惊扰，便侍立门外，等到程颐醒来，讲堂门外的积雪已经一尺多深。这就是广为流传的"程门立雪"的典故。不过，侯仲良在《雅言》中叙述的"程门立雪"的经过和《宋史·杨时传》中稍有不同，侯仲良《雅言》中说：杨时和游酢去嵩阳书院拜见程颐，程颐正在讲堂内"瞑目而坐"，就是打瞌睡。他俩就侍立在程颐身旁等候。等程颐醒来睁开眼睛，天色已晚，就让他俩明天再来。这时，讲堂门外下的积雪已经有一尺多深了。

嵩阳书院讲堂前的砖砌月台，人称"程门立雪处"或"程门立雪台"。金、元、明、清多有重修。今存此台，为清康熙二十三年（1684年）重新修筑。台上竖立的明代刻制二程的言、听、视、动"四箴碑"，原为登封县文庙石刻，20世纪80年代末文庙被扒毁，1988年由登封县文物局移立保护、展示于此。

二程嵩山行迹

二程在嵩山活动的行迹很多，因年代久远，多湮没在浩瀚典籍之中，今钩沉数件旧事，分享给大家。

程颢陪王拱辰游崇福宫。熙宁五年（1072年），程颢41岁，为侍奉父亲程珦，亦"管勾西京嵩山崇福宫"。这年的夏天，朝中大臣、宣徽北院使王拱辰来到嵩山崇福宫，在程珦、程颢父子陪同下，三人身着官服，极其庄重地走进崇福宫御容殿内，瞻仰宋真宗御容（画像），"冕旒临秘殿"，御容"威容凝粹穆"，殿内外仪仗俨然，"鹤笙鸣远吹"，瞻拜仪式盛况空前。瞻拜真宗御容礼仪结束后，王拱辰等人游览崇福宫内的北极紫微阁，阁内祀真武大帝；品饮阁后太一（太乙）泉水，甘甜爽口。为纪念这次盛大的礼制活动圆满成功，王拱辰即兴作了一首《游崇福宫》

诗；程颢代父作《代少卿和王宣徽游崇福宫》诗一首，回赠王拱辰。诗曰：

> 睿祖开真宇，祥光下紫微。
>
> 威容凝粹穆，仙仗俨周围。
>
> 嗣圣严追奉，神游遂此归。
>
> 冕旒临秘殿，天日照西畿。
>
> 朱凤衔星盖，清童护玉衣。
>
> 鹤笙鸣远吹，珠蕊弄晴晖。
>
> 瑶草春常在，琼霜晓未晞。
>
> 木文灵像出，太一醴泉飞。
>
> 醮夕思飙驭，香晨望绛闱。
>
> 衰迟愧官职，萧洒自忘机。

"少卿"，官名，大卿的副职，指程珦。"宣徽"，即宣徽南、北院使之省称。宣徽院作为官署机构，始置于唐代中叶。北宋沿置，以大臣为使，负责郊祀、朝会、宴享供帐之仪。王拱辰（1012—1085年），字君贶，开封咸平（今河南省通许县）人。年19，即天圣八年（1030年）举进士第一。除宣徽北院使，王拱辰还历任怀州通判、集贤院制诰、翰林学士、开封府知府、御史中丞、太子少保等职。根据《代少卿和王宣徽游崇福宫》一诗内容可知，王拱辰对程氏父子管理的崇福宫还是很满意的。

王拱辰长于文学，女婿李格非是宋代著名学者，外孙女李清照为宋代著名词人。

程颐和司马光、司马旦兄弟交游嵩山。 程颐比司马光小 15 岁，两人经常在一起探讨学问，一块外出郊游，相处很随意，看不出年龄的悬殊。三人骑马从洛阳出发，朝东南行经偃师，至嵩山。谁知天公不作美，游嵩"数日""阴云不收""遮断好山"，自然条件的不如意，使程颐等人游兴大减，这种心情从程颐《游嵩山》诗中可以看出来：

鞭羸百里远来游，岩谷阴云暝不收。

遮断好山教不见，如何天意异人谋。

程颐在嵩顶白鹤观、缑氏山巅升仙太子庙浏览王子晋修行、飞升的遗迹、遗物之后，反思人生，感悟人与人之间不能像"蜗角争战"一样地争斗，造成负面的影响，有了"屣弃万乘追浮丘，仙成驾鹤缑山头"成仙、与世无争的想法。程颐《童童题王子晋》诗曰：

屣弃万乘追浮丘，仙成驾鹤缑山头。

碧桃千树锁金嗣，玉笙嘹亮天风秋。

回眸下笑蜉蝣辈，蜗角争战污浊世。

何当高气凌云霄，愿随环佩联云骑。

峻极中寺位于嵩阳书院东侧、崇福宫西侧逍遥谷口，是唐宋之际登嵩山的起始地，寺内墙壁、柱身留有很多唐宋名人登游嵩山时题写的诗词、警语等，常常有人抄录著述。司马旦、司马光、程颐亦在此题诗、题名，并总结登嵩山不费力的经验书写于此，请登嵩山者借鉴。清景日昣《说嵩》收录有司马光代司马旦、程颐题写在峻极寺壁上的诗字：

　　（北宋）张端义《贵耳集》曰：嵩山极峻（寺）法堂壁上有一诗曰："一团茅草乱蓬蓬，募地烧天募地红。争似满炉煨榾柮，慢腾腾地暖烘烘。"字画老草。旁有四字"勿毁此诗"，此司马公书柱间，大隶书"旦光颐来"。旦，公兄；颐，程正叔也。壁门题云："登山有道，徐行则不困，措足于实地，则不危。"皆公八分书。彦周《诗话》亦载此。寺僧指旁四字曰："司马公亲书也"。题诗者无名氏。旦为文正之兄，颐则伊川，俱文正隶书。三名合题，亦奇。在峻极中院法堂后檐壁间。

　　这段富有哲理的话虽为司马光所写，实则反映了三人共同的思想。

　　程颐造访董五经。董五经长年隐居嵩山，程颐早就听说董五经钻研经籍，学问深厚，平日还不怎么出山，特往居所造访。程颐行至途中，遇到一位老人正拿着茶果往回走，老人看到程颐热情地说："您是程先生吗？"程颐很惊讶："老先生，您认识我？"老人说："我是董五经，程先生欲来，很多人都知道了，我今天特地到城里置些茶果招待您呀。"程颐听后很感动，带着至诚的心意来到董五经的草堂，两人相聊甚欢，相互钦佩。董五经"久不与物接，心静而明耳"。

　　二程手植槐。二程手植槐位于嵩阳书院讲堂东十余米处，树高19余米、胸径4米、冠幅13米。虽然树干嶙峋，中空外实，老态龙钟，槐冠却依然绿叶阴浓，新枝簇簇。每年春夏之际，新叶滴翠，缀满枝头。树姿弯曲，老而不衰，象征着历史源远流长。北宋熙宁至元丰年间（1068—1085年），著名理学家程颢、程颐讲学嵩阳书院时，亲手栽种槐、柏多株，点缀院景。今嵩阳书院仅存此株古槐，传为二程所植。清初嵩阳书院山长耿介为这棵古槐披红挂花，称为儒槐。有《咏古槐》诗曰："老槐成虬干，风霜几百秋。相传二程植，儒学蕴枝头。"1979年秋末冬初，该古槐树干中空部位被火焚烧，之后古槐的蓬蓬枝叶依然繁茂生长，全然没有受到伤害，真乃幸事。

除上述二程行迹外，另有嵩阳书院二程祠，是祭祀二程夫子的场所，祠内放置二程木主牌位，民国时期该建筑损毁；清代刻立的《嵩阳书院记》碑，有诗文10余篇，均记述有二程讲学嵩阳书院的事迹，有着重要的史学价值。

结　语

二程讲学，是嵩阳书院的荣光时刻。清初理学家汤斌《嵩阳书院记》中说："二程子尝讲学于此，后人因建祠焉。"因此，嵩阳与白鹿洞、应天府、岳麓并称"四大书院"，或曰"宋初四大书院"，而嵩阳以"程氏讲席"著名于世。清初理学家冉觐祖在《嵩阳书院考》中说："予谓四大书院，当尤重嵩阳、白鹿洞，盖嵩阳为二程过化之地，而白鹿洞为朱子规恢之所也。较二者之中，程子又开其统，为理学不祧之宗。"古代学者考述二程讲学，使嵩阳书院成为"四大书院"和"理学不祧之宗"，恰如其分地厘清了嵩阳书院的学术地位。正如理学家窦克勤所说："儒学前有伏羲、神农、黄帝、尧、舜以开其统，继有禹、汤、文、武、周公、孔子、孟子以大其传，后有周、程、张、朱以缵其续……逸庵（耿介）先生后以求得。"所以，嵩阳书院是理学传承公认的"道统"之地。

　　二程与朋友们的嵩山交游，虽然没有专一的记述，但在众多零星的文献中，还是可以爬梳出一些不常见的史料，如程颐与司马旦、司马光兄弟嵩山交游等。有些可以弥补史料的缺失，如通过程颢《代少卿和王宣徽游崇福宫》诗，可知宣徽北院使王拱辰作有一篇《游崇福宫》诗，送给程颢的父亲程珦，才有程颢代父应和"王宣徽游崇福宫"诗。经过文献检索，发现王拱辰还作有《嵩山祈雪》诗十章，是送给司马光的所作的《王君贶宣徽垂示嵩山祈雪诗十章合为一篇以酬》诗，诗言王拱辰到嵩山，前去司马光住所，司马光激动得"呼儿扫地喜公到"，说明王拱辰和司马光有着深厚的友情。

黄庭坚与嵩山

　　黄庭坚（1045—1105年），字鲁直，号山谷道人，晚号涪翁，洪州分宁（今江西省九江市修水县）人。北宋著名文学家、书法家，生前与苏轼齐名，世称"苏黄"；书法独树一格，为"宋四家"之一。治平四年（1067年）进士，历任河南叶县县尉、北京国子监教授、江西太和县知县、德州德平镇镇监、京师秘书省校书郎、《神宗实录》检校官、著作佐郎、集贤校理、起居舍人、秘书丞、宜州知州、鄂州知州、涪州别驾、黔州安置、鄂州监税、太平州知州等。检索黄庭坚现存的两千多首诗词，有数首诗词与嵩山、与嵩山的人和事有关，嵩山少林寺、嵩阳书院现在还保存有黄庭坚的书法刻石，这些文学作品和石刻文物说明黄庭坚与嵩山有着一段不平凡的渊源。

黄庭坚与登封王晦之、法王寺智航禅师等人的交往

治平四年（1067年）春，23岁的黄庭坚赴京师汴梁（今河南省开封市）到礼部参加考试，"登榜第三甲进士第，调汝州叶县尉"。黄庭坚任职叶县县尉的时间长达5年，其间，黄庭坚和居住在河南登封的好友王晦之信函往来，互致问候，赋诗和答，不亦乐乎！王晦之生平不详，据黄诗可知其居住嵩山南麓的登封县。明余载仕递修本《豫章先生外集》中有黄庭坚作于叶县时的和答、戏赠王晦之的七言诗1首、杂言诗2首，从诗中可以窥见两人的深厚友情。

和答登封王晦之登楼见寄

黄庭坚

县楼三十六峰寒，王粲登临独倚阑。

清坐一番春雨歇，相思千里夕阳残。

诗来嗟我不同醉，别后喜君能自宽。

举目尽妨人作乐，几时归得钓鲲桓。

这是一首写景抒情的七言诗，根据诗中"县楼三十六峰寒，王粲登临独倚阑。清坐一番春雨歇，相思千里夕阳残"之句，可知该诗作于春天。黄庭坚在叶县任上收到王晦之的赠诗后，非常高兴，从诗中知道两人分别后，王晦之没有沉溺于郁愤"同醉"状态，而是喜乐向上，因此黄庭坚在"和答"诗中表达了"别后

喜君能自宽"的欣慰之情。由此试推，王晦之是一位科考或官场失意而客居登封县的文学名人，与黄庭坚有着不一般的友情。

黄庭坚在《答王晦之见寄》杂言诗中首先因为王晦之的来信不多，发出了在登封生活到底怎么样的问询。每次见面后就是分别，这很伤感啊；然后告诫王晦之不要光迷恋"白云蒙蒙"的嵩岳少室山美景，不要满足于"缑岭追双凫"的悠闲、无拘束的生活；最后说王晦之的"高才必为一世用"，劝其"好去齐飞鸾凤群"，应该走出嵩山施展自己才华和实现自己的理想抱负，这才是最好的生活。

答王晦之见寄

黄庭坚

临西风，动商歌。

故人别来少书信，为问故人今若何。

白云蒙蒙迷少室，明月耿耿照秋河。

可怜此月几回缺，空城每见伤离别。

邸筒朝解得君诗，读罢凉飚夺炎热。

嗟乎晦之遣词，长于猛健，故意淡而孤绝。

有如怒流云山三峡泉，乱下龙山千里雪。

大宛天马嘶青刍，神俊照人绝世无。

自言欲解羁衔去，不能帖耳驾盐车。

朝登商山采三秀，暮上缑岭追双凫。

纷纷黄口争粟粒，君用此策固未疏。

但恐高才必为一世用，虽有潺湲不得钓，空旷不得锄。

西风酌酒遥劝君，好去齐飞鸾凤群。

穷山远水乃是我辈事，荷锄把钓听子入青云。

诗中有"邸筒朝解得君诗，读罢凉飚夺炎热"之句，据此可知这首诗应该是作于夏天，朋友间的谆谆箴言跃然诗间。

黄庭坚的《戏赠王晦之》杂言诗，是用闲适的语言来劝说王晦之：你居住在登封县，"月明"之夜可曾听到仙人王子晋在嵩山之巅"吹笙"？我可是从未见过嵩岳少室山下的缑山有凫鸟结伴飞行的事情，世事不是那么风平浪静，"田园"生活也不都是欢乐，不知道你听没听嵩山禅师、长老的话，他们的话可是像"黄石仙翁"点拨张良一样，你还是别隐居了，出山干事业吧。

戏赠王晦之

黄庭坚

故人迩在登封居，折腰从事意何如。

月明曾听吹笙否？我亦未见缑山凫。

栖苴世上风波恶，情知不似田园乐。

未知嵩阳禅老之一言，何似黄石仙翁之三略。

劝说王晦之放弃田园生活，出山应举实现自我价值的话尽现诗中，黄庭坚相信王晦之有这个能力。因为史料的缺乏，只能揣测王晦之可能离开了登封，走出嵩山，通过科举建功立业，走向成功；也可能没有听黄庭坚之言，依然隐居嵩山，耕种自活，读书自乐，终老一生。不管结局怎么样，除这三首诗外，黄庭坚的诗文中，再也没有见到与王晦之有关的文字，令人浮想联翩。

　　元祐二年（1087年），黄庭坚43岁，在京师任《神宗实录》检校官、著作佐郎、集贤校理等职。嵩山法王寺智航禅师是黄庭坚的老朋友，他与黄庭坚多年来一直书信往来，互致问候，联系不断。自神宗元丰八年（1085年）四月，黄庭坚奉诏从德州德平镇回京师汴京，任秘书省校书郎始，智航禅师数次遣小师景宗持信札从嵩山东行二百余里，到汴京面呈黄庭坚，邀其莅临嵩岳。元祐二年（1087年）夏天，法王寺僧景宗又一次来到汴京，公务繁忙的黄庭坚趁空闲时间作《僧景宗相访寄法王航禅师》七言诗一首，用禅学哲理阐述了修行的重要性，诗文交给景宗带回嵩山法王寺，递呈智航禅师。

僧景宗相访寄法王航禅师

黄庭坚

抱牍稍退凫鹜行，倦禅时作橐驼坐。

忽忆头陀云外人，闭门作夏与僧过。

一丝不挂鱼脱渊，万古同归蚁旋磨。

山中雨熟瓜芋田，唤取小僧休乞钱。

　　诗中的禅学哲理，如"一丝不挂鱼脱渊，万古同归蚁旋磨"一句，就是告诉大家，很多人像蚂蚁一样跟着磨盘在磨道内一圈一圈运转，象征着人的一生一世奔波劳碌，仍摆脱不了自然规律的支配；而有些人则以了无牵挂的态度摆脱了无底深渊。

黄庭坚与少林寺

黄庭坚大约在元祐二年正月至四年七月（1087—1089年）来过少林寺。

黄庭坚与佛教有着深厚的渊源，原因主要有三：一是自宋初以来儒学融摄佛道已成主流，佛家在论述心性问题上精细深刻，道家的自然主义也从另一个方面补充了过于入世的儒家不足；二是黄庭坚的故乡江西是佛教禅宗繁盛地区，曹洞宗、沩仰宗、临济宗皆发端于此，佛教文化对黄庭坚的影响还是比较大的；三是黄庭坚自身属于禅宗黄龙派，他和黄龙弟子祖心禅师、无心禅师、惟清禅师等过从甚密，与嵩山智航禅师亦是挚友，称得上是一位佛学修养很高的"似僧有发，似俗无尘"的居士。由此，山谷诗词中诸多饱含禅理禅趣之作也就不足为奇了。

嵩山少林寺是中国佛教禅宗祖庭，黄庭坚是很向往的。他在《玉泉长老不受承天衬因作颂》五言绝句中说"达摩从西来，不受梁武衬。却面少林墙，衣钵一万贯"，反映了他向往少林寺的理由。黄庭坚的少林寺之行是怀着朝圣的心情前往的，是在永安县知县张宗著的陪同下圆满完成的。在少林寺，黄庭坚拜谒了佛教禅宗初祖菩提达摩祖师的圣迹，徘徊达摩洞、初祖庵，久久不忍离开，赋词、偈颂各一首，以表心迹。

渔家傲·初祖

万水千山来此土，本提心印传梁武。对朕者谁浑不顾，成死语，江头暗折长芦渡。

面壁九年看二祖，一花五叶亲分付。只履提归葱岭去，君知否？分明忘却来时路。

这首词讲的是达摩祖师的故事。"万水千山来此土"，达摩祖师是释迦牟尼大弟子摩诃迦叶的第二十八代弟子，从南天竺泛海来到中国。梁武帝接见了达摩，问："朕即位以来，造寺写经，度僧不可胜纪，有何功德？"

祖曰："并无功德。"

帝曰："何以无功德？"

祖曰："此但人天小果，有漏之因，如影随形，虽有非实。"

帝曰："如何是真功德？"

祖曰："净智妙圆，体自空寂，如是功德，不以世求。"

帝又曰："如何是圣谛第一义？"

祖曰："廓然无圣。"

帝曰："对朕者谁？"

祖曰："不识。"

梁武帝未悟，达摩知机不契，折芦苇渡江，潜回江北，来到洛阳，达摩寓止于嵩山少林寺，面壁九年，终日默然，人莫之测，谓之壁观婆罗门。后传道慧可，被禅宗僧徒尊为二祖。达摩有付法偈云："吾本来兹土，传法救迷情。一花五叶开，结果自然成。"

禅宗以达摩为中国始祖，为一花，演化曹洞、临济、云门、沩仰、法眼五派，为五叶。传说达摩遭人嫉妒，第六次遭投毒加害时，达摩已化缘完毕，传法得人，遂不复救，端居而逝，葬熊耳山。三年后，宋云奉使西域回，遇达摩于葱岭，见祖师手提只履，翩翩独逝，宋云问："师何往？"祖曰："西天去！"宋云归，具说其事，及门人启圹，唯空棺，一只革履存焉。举朝为之惊叹。

"此初祖庵者，我初祖面壁地也"（见明许世德《初祖庵创建凉殿牌坊无量功德碑》），佛教禅宗僧徒认为初祖庵就是达摩祖师面壁九年（一说十年）处。庵旁矗立着高大的"菩提达摩祖师面壁之塔"，黄庭坚盘桓于此，详览达摩胜迹，端然参拜，肃然生敬，遂撰书《达摩颂》文，由永安县知县张宗著刻碑立在少林寺初祖庵内。碑高1.58米，宽0.62米，平首，削肩，方趺，碑在初祖庵大殿后西亭前稍偏东，面东背西，碑额刻"祖源谛本"，隶书字体，为文思副使、提点右厢诸监段绰题；碑额上面刻有达摩祖师侧身结跏趺坐面壁图，其后侍立者为二祖慧可；碑额下面、碑身正中刻黄庭坚撰书颂文"少林九年，垂一则语，直至如今，诸方赚举"十六字，字径22厘米×25厘米，笔锋流利姿媚，挥洒如意。颂文右下落款题一行小字"实录检校官、著作佐郎黄庭坚书颂"等。黄楷法妍媚，自成一家，草书尤为奇伟。古往今来，黄庭坚的少林寺《达摩颂》文碑吸引了诸多书法家前来赏摩，拓取存念。2008年5月初，少林寺院委托施工队将石碑移立至大殿踏步西侧今址。"达摩颂，黄庭坚题书，字径四寸余，在初祖庵。

按志称嵩山有苏、黄书迹……其山谷书，即此是也。"（见《嵩阳石刻集记》）

嵩阳书院《谪居黔南》诗碑

嵩阳书院保存的黄庭坚《谪居岭南》诗碑已碎裂为17块，合拢后基本完整，分三组镶嵌在西碑廊南端墙壁上，面向东，总长6.72米、高0.34米、厚0.14米，北宋元符二年（1099年）三月刻立，无标题，诗曰：

相望六千里，天地隔江山。

十书九不到，何用一开颜。

霜降水反壑，风落木归山。

冉冉岁华晚，昆虫皆闭关。

冷淡病心情，喧和好时节。

故园音信断，远郡亲宾绝。

山郭灯火稀，峡天星汉少。

年光东流水，生计南枝鸟。

喷喷雀引雏，梢梢笋成竹。

时物感人情，忆我故乡曲。

苦雨初入梅，瘴云稍含毒。

泥秧水畦稻，灰种畲田粟。

轻纱一幅巾，小簟六尺床。

无客尽日静，有风终夜凉。

绍圣元年（1094年）十二月，黄庭坚50岁，章惇、蔡卞等人诋诬黄庭坚修《神宗实录》不实，经核查虽"皆无证据"，亦"谪涪州别驾黔州安置"，即今重庆市黔江区。绍圣四年（1097年），黄庭坚53岁，谪居在黔南已有三个年头，愈发思念远在千里之外的亲人和朋友，遂作《谪居黔南十首》五言绝句诗，来抒发和表达此时此刻不可抑制的心情。

嵩阳书院保存的黄庭坚《谪居黔南》诗碑刻于诗成两年之际的元符二年（1099年）三月，碑中诗文只有7首，缺少第5首、第6首、第10首。缺少的诗文是原碑中本来就缺漏，抑或是历代打拓片过于频繁导致损毁无存，目前尚无确凿史料，真实情况不得而知。

《谪居黔南十首》自注云："摘乐天句。"所谓"摘句"，即摘录他人诗的句子。它是一种学习和欣赏他人诗文的方法，从诗学角度看，亦是一种诗学批评和阐释的方式。"山谷在黔曾题

《蚁蝶图》来讽刺世态，又闲居无聊，尝摘白居易《长庆集》卷十、卷十一中诗句，成《谪居黔南十首》，借前人语以摅泄自己复杂的谪迁情怀。"（见邓新华《中国古代诗学解释学研究》131—136页）

"他（黄庭坚）在黔州时尝摘白居易诗句成《谪居黔南十首》，表示要仿效白居易随缘自适的旷达情怀。"（见张再林《唐宋士风与词风研究：以白居易、苏轼为中心》181—182页）"黄在黔南，精神无寄，身体日衰，他感到岁月易逝，光阴荏苒，而家乡万里，终日悬念，他想起了元和十三年贬到忠州（今重庆忠县）的诗人白居易，他们遭遇相似，贬地相近，年龄相若，思想相仿，所以他便取白诗中与己会心同感者吟咏，聊以抒怀。后被收入诗集中，称为《谪居黔南十首》。黄谪居黔南，很少作诗，他摘取窜易白居易的这十首诗，可以说是他谪居生活的写照，在简陋的住所中，心神落寞，身心衰退，但能随遇而安，他无时不怀念家乡，渴望被赦放还。"（见白政民《黄庭坚诗歌研究》30页）。

嵩阳书院黄庭坚《谪居黔南》诗碑原镶嵌在登封县衙二堂东屋墙壁上，1965年12月20日被登封县人民委员会公布为登封县第一批文物保护单位。1974年，登封县委、县政府拆此屋建新房，将该碑拆下，由登封县文物保管所运到中岳庙妥为保护。1986年12月中旬，登封县文物保管所又将此碑运至嵩阳书院镶嵌于今址，向社会开放，吸引众多游客。

结　语

　　黄庭坚吟咏有关嵩山的诗词散存在宋代以后的《豫章黄先生文集》《豫章先生外集》《嵩书》《少林寺志》《说嵩》《登封县志》等文献中。关于黄庭坚撰书的嵩山碑刻，《说嵩》《登封县志》等地方史志"金石录"中只记载有少林寺初祖庵《达摩颂》碑，本文将据此碑的落款、题记等内容与上述文献记载相互印证，同时参考郑永晓《黄庭坚年谱新编》、张传旭《黄庭坚年表》等资料，基本厘清黄庭坚与登封王晦之、法王寺智航禅师等人交往和拜谒佛教禅宗庭嵩山少林寺时间的先后顺序，填补了嵩山研究的空白。

　　嵩阳书院黄庭坚《谪居黔南》诗碑，原为登封县衙藏品，为历代登封县衙的私有文物，宋代以后的县志、嵩山志等地方文献中的"金石录"均无载述。1956年，登封县人民文化馆宫熙先生在第一次全国文物普查中将其登记为国有文物藏品；1965年，登封县文物保管所呈请登封县人民委员会将黄庭坚《谪居黔南》诗碑列为登封县第一批文物保护单位；1974年以后，该碑先后在中岳庙、嵩阳书院展出，始为社会知晓。在日常对外开放中，凡见过该碑的游客都渴望了解此碑的由来、沿革、诗意及诗文成文的背景等文化掌故。笔者长时间从事文物博物馆工作，通过钩沉、爬梳庞杂纷繁的典籍史料，梳篦嵩山黄庭坚《谪居黔南》诗碑的渊源，草撰小文，请教方家，满足游客，以飨读者。

明开封周藩王朱橚与嵩山

　　朱橚（1361—1425 年），南直隶应天府上元县（今江苏省南京市）人，明太祖朱元璋的第五子，明成祖朱棣的弟弟。洪武三年（1370 年），朱橚 10 岁，封吴王。洪武十一年（1378 年），朱橚 18 岁，改封周王，封国开封。洪武十四年（1381 年），朱橚 21 岁，就藩开封。洪武二十二年（1389 年）十二月，朱橚擅自离开封国到凤阳探望岳父冯胜，朱元璋得知消息大怒，下旨将朱橚谪迁云南。洪武二十四年（1391 年）十二月，获准返回封地。建文元年（1399），朱橚次子朱有爋向朝廷举报父亲图谋不轨，朝廷遣李景隆突袭开封逮捕朱橚，将其贬为庶人，徙云南蒙化县。建文四年（1402 年）六月，燕王朱棣攻入应天府，即皇帝位，恢复朱橚爵土。洪熙元年（1425 年）闰七月朱橚薨逝，终年 65 岁，谥号"定"，是为周定王。纵观朱橚一生，因为政治生涯的跌宕起伏，导致他日常言行谨小慎微，三次宦海沉浮，就藩封地开封的时间累计长达 40 年。朱橚崇信佛教，曾多次来到嵩山，更多的时间则是全身心投入到食用植物学和医学的考察与研究之中。嵩山至今还保留有与朱橚有关的文物遗迹。

朱橚与少林寺

朱橚信奉佛教，经常到开封相国寺、辉县白云寺、修武圆融寺和嵩山少林寺、会善寺、法王寺、嵩岳寺、风穴寺、超化寺等名刹参禅礼佛，拜访大德高僧、名僧，共襄佛学盛事。如朱橚就藩开封，即出资修缮铁塔、繁塔等佛教建筑。

洪武十五年（1382 年），朱橚 22 岁，这年的八月二十六日，朱橚的母亲马皇后去世，他奔丧至京师应天府（今江苏省南京市）。马皇后有五子，朱橚最为年幼，性格放荡不羁，就藩开封后，马皇后对他的言行和处事不放心，派江贵妃随往监督，临行时把自己身上的旧布衣脱下来交给江贵妃，并赐木杖一根，嘱咐道："王有过错，可以披衣杖责，如敢违抗，驰报我知。"因为马皇后给了儿子一个"紧箍咒"，朱橚在封国开封的前期还算比较安分。还有人说朱橚的母亲是高皇后。

朱橚奔丧完毕，回到开封，悲痛的心情久久不能释怀。这年冬天，朱橚延请嵩山少林寺住持松庭禅师到开封周王府，赐以僧伽黎衣，开设法会，为马皇后资悼冥福（迷信谓死者在阴间所享之福）。

松庭（1321—1391 年），法名子严，号松庭，称松庭严公、松庭子严，元末明初著名禅师，河南偃师县缑氏镇人，俗姓樊，自幼多病，父母怜悯，9 岁时送他到少林寺，礼霄云长老为师。元至元四年（1338 年），松庭 18 岁，受具足戒为比丘，又以"少室山人""蕴贞子"为别号，聪敏过人，博通内外典籍，好诗文。后来向月照江公、息庵让公、淳拙才公参禅。曾受邀请先后到浙川香严禅寺、嵩山法王寺、洛阳天庆寺任住持。洪武二年（1369 年），请任为少林寺住持，整修大殿"三世佛像"。洪武二十四年（1391 年）圆寂，立塔于少林寺塔林。

洪武二十六年（1393 年），山西太原崇善寺住持仁山禅师奉周王朱橚令旨，出任嵩山少林寺住持。仁山在少林寺 13 年间，为人善良公正，德行"拔萃超群"，设水陆无遮大会，礼请十师建立资圣戒坛，创建法堂，修营祖殿、方丈室等，贡献颇大。永乐三年（1405 年）五月，仁山被推举为参加全国佛教法会的高僧，京都法会之后，到河南南阳邓州香岩长寿禅寺，同年九月二十二日圆寂，世寿六十八岁，僧腊六十。

仁山毅公（1340—1405 年），俗姓高氏，曾任山西、河南的八座寺院住持，度弟子数千人，圆寂后归葬少林寺塔林。

朱橚常往嵩山礼佛，给少林寺捐施了大量资财，用以修建寺院，在松庭子严、仁山毅公的主导下，在少溪河南岸偏东平场修建周王府，所以清《少林寺志》中说"明周藩建，亦称周府庵"。

因其地在少林寺常住院之南，故又称"南园"。整座庵院面北背南。

明万历年间，朱橚的九世孙、第十世开封周藩王、端王朱肃溙与嵩山少林寺钦依传法第二十六代住持无言道公素有往来，友情深厚。这期间，朱肃溙曾延请道公到开封，讲说"保寿之法"。据《无言道公雪居行实碑记》记载：

> 着闻退迩倾慕，而汴梁周藩国主闻之，迎师为说保寿之法。师曰："王位为宝，货财非宝，玩好非宝。心驰玩好，则心血耗竭，寿何可宝？心营货利，则怨诅丛生，寿何可保？必也息心养神；必也专心念佛。佛寿无量，心寿无量。佛即是心，心即是佛。久久纯熟，自然长寿。"

周端王大为开悟。于是，道公为他说了"药师佛十二大愿"。

道公，法名正道（1574—1623年），字无言，号雪居，称无言道公。江西洪都人，俗姓胡氏。钦命嵩山少林寺第二十六代住持，主持少林寺31年。52岁圆寂，建塔少林寺塔林。

周端王的世子周恭枵，袭封周王，是第十一世开封周藩王，腿脚有病，也请道公为他治病。世子平时倚杖而立，道公引导他周行七转，汗流如注，果然扔掉了拐杖。道公垂示：

> 心清则欲寡，则精足。精足则身安。身安则嗣续广衍，福禄无穷。

道公指导端详，辞旨条畅，世子唯然受教。看来周王所患乃淫乐无度、敛财无度之病。

周府庵从洪武年间创建到万历年间，已经过了一百多年的时间，庵院已经荒废，基址难寻。少林寺务缘上人在汴京遇见朱橚的九世孙、第十世开封周藩王朱肃溱，朱肃溱患病多年，务缘为之讲经说法，周王久治不愈的病竟"不药顷愈"，为感谢务缘上人，"王府出金钱"，重建周府庵之大殿、精舍、山门、藏经阁、香积厨等建筑，"成寺南巨观"，周王重建周府庵以示"不没周藩之善也"。

明崇祯末年，"兵燹猖獗"，登封人李际遇火毁周府庵，仅存殿宇基址。清雍正七年（1729年），少林寺僧、"年逾七十"的同秀用"生平所蓄"，在信士姜怀先及其妻黄氏"率善信百余（人）"的资助下，重建庵中大殿、山门和围墙，重塑殿中神像。

清末，山门倒塌。清光绪三年（1877年），寺僧重建简易山门，为单间小灰板瓦覆顶，砖砌门额，额题"白衣大士"四字。大殿名"白衣殿"，清代建筑，面阔、进深均三开间，大式硬山出前廊灰筒板瓦覆顶，棂门槛窗，殿内原供奉泥塑白衣大士像，后塑像被推倒，彩泥摔碎，发现彩泥中包裹一尊铜铸白衣大士像。1979年，该铜像移至常住院内白衣殿。1999年，少林寺重修周府庵白衣殿，拆除硬山式建筑，改建为面阔、进深各三间的歇山式灰筒板瓦覆顶殿房。

周府庵围墙尚存遗迹，北围墙东段还保存一截青砖砌筑的墙体，长约10米，高约4米；南围墙西段，保存的石块砌筑的墙体长约50米，高约3米；西墙南转角墙体还有残迹可见，石基砖墙；东围墙已毁。

庵内保存《重修周府庵大殿金装神像碑记》一通，位于周府庵白衣殿前檐廊下，清雍正七年（1729年）二月刻立，圆首方趺，碑高1.60米，宽0.59米，厚0.15米，碑文19行，行39字，楷书字体，字径2厘米。碑额题"万善同归"4字，楷书，字径5厘米。碑文记述周藩王结识少林寺僧的因缘、重建重修周府庵的过程和资财来源等内容。撰文人刘牲，是登封县癸卯正科举人、候选知县，"癸卯"即雍正元年（1723年）；书丹人王辅，是偃师县庠生。碑阴刻布施者姓名。碑文附后：

重修周府庵大殿金装神像碑记

邑癸卯正科举人、候选知县刘牲沐手拜撰，偃邑庠生王辅敬书。

盛衰之数，虽关气运，岂不视乎人事哉！当其盛也，必有人焉，创未有之规，成巍焕之观，及其衰也，必有人焉。肆暴殄之举，隳已成之模，而其转衰为盛，尤特有人焉。整顿葺理于其间，使剥者复否者泰，而后踵事增华基，虽因乎旧，而功实倍乎创，凡事皆然。即佛寺之兴废，亦岂有异哉！

少林偏南，旧有周府庵，寺僧所谓南退居也。考居之源委，肇自胜国有明。当明之时，佛教播宣，宗室周藩，素瘿瘫痪。寺有务缘上人，释迦之出而觉世者也，与周藩有宿契，遇于汴城道上，噢法雨，施经谶，得梵呗之妙用，王之沉疴，不药顷愈。因弘发善愿，出内帑之储，且辟南冈胜土，建大殿，创精舍，增山门。凡藏经阁、香积厨、金园满布，成寺南巨观。

而神像金碧辉□，槾楒则舟焜艳丽；周围则墙垣高厚，焚修则地土膏腴。此皆出王府之金钱，不假民间之丝粒者。志曰："周府庵示不没周藩之善也。"

迨明末季，兵燹猖獗，殿宇悉化煨烬。其煨余之仅存者，则渐就倾圮，而不理数十年来，鸟鼠瓦砾，令人观之栗然，泚出竟无有过问焉者，此殆气数之衰，而佛教一大劫也。

庵中住持，年逾七十耆腊矣，不忍神之戴日披星，有凄风苦雨之惨也。自计生平所蓄，仓庾之赢余者若干，鬻寺木而得价者若干，鸠工庀材，大殿、山门次第落成，而资遂告匮矣。适有善士姜君兴寺僧友，契率善信百余，建醮庵中，见栋宇虽新，而神之貌有未备，饰有未周者，概然太息。因纠合同社各输资财，市颜料，佑匠作，前后甫，匝岁而神无不备不周之憾。此虽不及昔之壮丽，而神貌庄严，足令慧日常圆，智雷远震。

若姜君者，殆亦与佛结欢喜缘，成沙门之盛举者哉！予故于功竣之日，乐为濡笔，以纪其盛。姜君名怀先，妻黄氏，邑中颖畔人。住持僧，名同秀。得并书焉。

龙飞雍正七年岁次己酉二月吉旦立。

徒铉省、铉兴、铉荣、铉得、铉保、铉贵；孙祖魁、祖问、祖熙、祖伦、祖双、祖宁、祖来、祖香、祖朝、祖林、祖怀、祖成；曾孙清普、清□；玄孙净林。

南园周府庵是嵩山少林寺的重要组成部分，无论是建筑，还是碑碣，抑或是文献记载，都能够相互印证，承载着一段丰富多彩的人文史话。

《救荒本草》中的嵩山植物

朱橚编纂《救荒本草》一书的起因是其救荒济民的思想，这是一部以食用为目的，专讲地方性植物的救荒植物志。

元末明初，旱灾、蝗灾、水灾、冰雹和地震等多种自然灾害频发，灾害遍布全国。朱橚就藩开封时，开封府经济虽然已经得到恢复，但黄河决口等隐患却难以根除。嵩山地区的自然灾害比开封更为严重。据清《登封县志》记载，明代嵩山地区的旱、蝗、水等自然灾害经常出现。大灾之年，受灾严重的地区百姓难免颠沛流离，日常生活得不到保障，苦不堪言。朱橚因为经常往来于嵩汴之间，特别是在两次流放云南期间，曾目睹自然灾害带给人们的伤害与痛苦，知道民间的疾苦和生活的艰辛，便开始思考如何帮助人们度过荒年。

灾荒之年，庄稼歉收，人们食不果腹，利用大量的野生植物作为食物，是帮助灾民度荒最好的办法。朱橚认为到处生长的野生植物就是取之不尽，用之不竭的食品资源。但是哪些植物能直接食用，哪些植物必须经过处理后才能食用呢？为了弄清楚这些问题，朱橚带领植物、医学等方面的学者一起到民间进行访察。

永乐元年（1403），朱橚43岁，即第二次流放云南刚回开封不久，他便在刘淳等人的帮助下开始编纂《救荒本草》。朱橚和聚集在他周围的专家学者们行走开封、太行山、嵩山、华山等地，与民间农人密切接触，了解并记录了民间长期食用野生植物过程中积累的经验性知识，根据药食同源的原理，告诉人们如何合理食用野生植物。经过4年不间断的编纂，永乐四年（1406年），《救荒本草》在开封刊刻面世，全书分上、下两卷，记载植物414种，每种都配有精美的木刻插图，所收录植物分为：草类245种、木类80种、米谷类20种、果类23种、菜类46种，按部编目。同时又按可食部位，在各部之下进一步分为叶可食、茎可食、根可食、实可食等，计有：

叶可食237种、实可食61种、叶及实皆可食43种；

根可食28种、根叶可食16种、根及实皆可食5种、根笋可食3种、根及花可食2种、花可食5种、花叶可食5种、花叶及实皆可食2种、叶皮及实皆可食2种；

茎可食3种、笋可食1种、笋及实皆可食1种。

《救荒本草》记述的植物，除开封本地的野生植物外，还有河南北部、山西南部的太行山、嵩山所在的登封县，以及嵩山地区的密县、新郑、中牟、荥阳、汜水、禹州、郑州、辉县等地的植物。除米谷、豆类、瓜果、蔬菜等供日常食用的植物以外，还记载了一些必须经过加工处理才能食用的有毒植物，以便灾年时借以充饥。朱橚对采集的植物不仅绘了图，而且描述了其形态、生长环境，以及加工处理方法等。因此，明代学者、官员李濂在《＜救荒本草＞序》中说："或遇荒岁，按图而求之，随地皆有，无艰得者，苟如法采食，可以活命，是书也有助于民生大矣。"

《救荒本草》中明确记录嵩山和嵩山地区可食用的野生植物有120多种，现选择主要者介绍于后。

桔梗：一名利如，一名房图，一名白药，一名梗草，一名荠苨。生嵩高山山谷及冤句、和州、解州，今钧州密县山野亦有之。根如手指大，黄白色，春生苗，茎高尺余，叶似杏叶而长椭，四叶相对而生，嫩时亦可煮食，开花紫碧色，颇似牵牛花。秋后结子，叶名隐忍，其根有心，无心者乃荠苨也。

救饥：采叶煠（意思是把食物放入油或汤中，待沸而出称煠）熟，换水浸去苦味，淘洗净，油盐调食。

苍术：一名山蓟，一名山姜，一名山连，一名山精，生郑山、汉中峪，今近郡山谷亦有，嵩山、茅山者佳，苗淡青色，高二三尺……根长如指大而肥实，皮黑茶褐色，味苦、甘……

救饥：采根，去黑皮，薄切，浸二三宿，去苦味，煮熟食。亦做煎饵。久服轻身，延年不饥。

菖蒲：一名尧韭，一名昌阳，生上洛池泽及蜀郡严道，戎、卫衡州并嵩岳石碛上，今池泽处处有之……其根盘屈有节，状如马鞭鞢，大根傍引三四小根，一寸九节者良，节尤密者佳，亦有十二节者，露根者不可用……

救饥：采根，肥大节稀，水浸去邪味，制造作果食之。

黄精苗：……生山谷，南北皆有之，嵩山、茅山者佳。根生肥地者大如拳，薄地者犹如拇指，叶似竹叶，或两叶，或三叶，或四五叶，俱皆对节而生，味甘，性平，无毒。又云茎光滑者谓之太阳之草，名曰黄精，食之可以长生……

救饥：采嫩叶煤熟，换水浸去苦味，淘洗净、油盐调食……

何首乌：……以西洛、嵩山、归德、柘城县者为胜……

救饥：掘根，洗去泥土，以苦竹刀切作片，米泔浸经宿（一夜时间），换水煮去苦味，再以水淘洗净，或蒸或煮食之。花亦可作煤食。

楮桃树：本草名楮实，一名穀（音构）实，生少室山……

救饥：采叶并楮桃带花，煤烂，水浸过，握干作饼，焙熟食之。或取树熟楮桃蕊，食之，甘美，不可久食，令人骨软。

冬葵菜：……生少室山，今处处有之。苗高二三尺。茎及花、叶似蜀葵而差小。子及根俱味甘，性寒，无毒……

救饥：采叶煤熟，水浸，淘净，油盐调食……

山药：本草名薯蓣，一名山芋，一名绪薯，一名修脆，一名儿草……生嵩山山谷，今处处有之。春生苗，蔓延篱援。茎紫色。叶青，有三尖角，似千叶狗儿秧叶而光泽，开白花，结实如皂荚子大，其根皮色黥（浅青黑色）黄，中则白色。人家园圃种者肥大如手臂，味美。怀孟间产者，入药最佳。味甘，性温、平，无毒。紫芝为之使，恶甘遂。

救饥：掘取根，蒸食甚美。或火烧熟食，或煮食，皆可。其

194

实亦可煮食。

另外，书中还记载嵩山茶树有苦茶树、云桑、黄楝树、女儿茶等数种，制茶方法是：苦茶树，采嫩叶或冬生叶，或煮作羹食，或蒸焙作茶，皆可；云桑，采嫩叶煠熟，换水浸淘去苦味，油盐调食。或蒸晒作茶，尤佳；黄楝树，采嫩芽叶煠熟，换水浸去苦味，油盐调食。蒸芽曝干，亦可作茶煮饮；女儿茶，采嫩叶煠熟，水浸淘净，油盐调食。亦可蒸暴，作茶煮饮。

嵩山植物是《救荒本草》中的重要内容，该书使用的语言简单质朴，绘图清晰真实，方便易懂，民间百姓一览此书也能看懂其中内容，灾荒年间可依据该书寻找野菜蔬果充饥。实用价值极高，还远播海外，在日本、法国等国也极受推崇。

朱橚施造的汉白玉石像

明永乐七年（1409 年），朱橚 49 岁。这年的九月，周藩王朱橚"为生男""答报佛恩"，施送嵩山数尊汉白玉雕造的佛像，现存 4 尊，少林寺、会善寺、法王寺和嵩岳寺塔内各存放一尊。

少林寺汉白玉南无阿弥陀佛像：原存放千佛殿内东山墙前，现放置立雪亭前西侧普贤殿内北山墙前，座身连为一体，高 1.5 米。头饰螺发肉髻，发际间有髻珠；面相方圆，慈眉善目；身披袈裟，衣褶纹理清晰顺畅，左手呈禅定印，右手作说法印，结跏趺坐；

座呈椭圆形，束腰仰覆莲。左肩稍前镌刻"南无阿弥陀佛"六字，竖行，隶书，字径1.5厘米×1.5厘米；左胸襟上镌刻铭文4竖行，满行8字，楷书，字径1厘米×0.5厘米，文曰："周王为生男有爝，造像一尊，答报佛恩，阐佛光于万载。永乐七年九月吉日。"鼻、手残损，现已修复。

会善寺汉白玉南无弥勒佛像：位于山门内，座身连为一体，高1.5米。头饰螺发肉髻，发际间有髻珠；面相方圆，慈眉善目；身披袈裟，衣褶纹理清晰顺畅，左手呈禅定印，右手作说法印，结跏趺坐；座呈椭圆形，束腰仰覆莲。左肩稍前镌刻"南无弥勒佛像"五字，竖行，隶书，字径1.5厘米×1.5厘米；左胸襟上镌刻铭文4竖行，满行8字，楷书，字径1厘米×0.5厘米，文曰："周王为生男有焑，造像一尊，答报佛恩，阐佛光于万载。永乐七年九月吉日。"手指有残损。

嵩岳寺塔汉白玉南无阿弥陀佛像：朱橚将此尊玉佛恭送至嵩岳寺后，不知道什么时候，不知道是何原因，不清楚何许人将此玉佛打碎，埋在嵩岳寺塔东侧不远处的地下。1982—1992年，河南省古代建筑保护研究所维修嵩岳寺塔，整理院内地坪时，挖出已碎裂为数块的玉佛。1992年9月上旬，登封市文物局耿建北、宋嵩瑞等人会同专业人员王新忠，对碎裂的玉佛大小残块进行清洗、归拢、黏接，黏接后的玉石佛像大致完整，现放置在嵩岳寺塔塔室内。该玉佛座身连为一体，高1.5米，头饰螺发肉髻，发际间有髻珠；面相方圆，慈眉善目；身披袈裟，衣褶纹理清晰顺畅，左手呈禅定印，右手作说法印，结跏趺坐；座呈椭圆形，束腰仰覆莲。左肩稍前镌刻"南无阿弥陀佛"六字，竖行，隶书，字径1.5×1.5厘米；左胸襟上镌刻铭文4竖行，楷书，字径1厘米×0.5厘米，因该玉石佛像曾被暴力敲砸碎裂，铭文已不完整，经辨认，尚有"周王为生男……造口一尊，答报佛恩，阐佛光于万载。永乐七年九月吉日"等字隐约可识。1998年，有人私自用漆涂抹佛头，使其失去原有色泽，若科学清洗仍可恢复旧貌。

法王寺汉白玉佛像：放置在大唐塔塔心室内，座身连为一体，高1.5米，头饰螺发肉髻，发际间有髻珠；面相方圆，慈眉善目；身披袈裟，衣褶纹理清晰顺畅，左手呈禅定印，右手作说法印，结跏趺坐；座呈椭圆形，束腰仰覆莲。左肩稍前镌刻的佛名，已辨识不清；左胸襟上镌刻铭文4竖行，楷书，字径1厘米×0.5厘米，铭文曰："周王为生男佛宝，造像一尊，答报佛恩，阐佛光于万载。永乐七年九月吉日。"双手、基座右侧部分已残损，佛头1997年被盗割，后被追回。

朱橚施送嵩山供奉玉石佛像，除登封市保存的4尊外，在环嵩山地区又见到4尊，分别是汝州风穴寺的南无释迦牟尼佛像，是周王为生男有煽而施造；修武县圆融寺的南无辟支佛像，是周王为生男有燉而施造；辉县白云寺的大势至菩萨像，是周王为生女吉祥而施造；新密超化寺的月光菩萨像，像身铭文不清。

开封周藩王朱橚一生共生育有16子、12女。第16子早早夭折，长大成人的15个儿子，按年龄由大到小依次是：长子朱有燉、次子朱有爋、三子朱有烜、四子朱有爝、五子朱有熺、六子朱有光、七子朱有煽、八子朱有爌、九子朱有沸、十子朱有颎、十一子朱有煴、十二子朱有熑、十三子朱有烔、十四子朱有熿、十五子朱有熄。女儿名字史籍记载不详。据《明太宗实录》记载，永乐七年（1409年）三月"周王橚第十二子生，赐名有熑"，同年五月"周王橚第十三子生，赐名有烔"。根据目前见到的8尊佛像铭文，永乐七年，年近五旬的朱橚已有13个儿子，此前朱橚应该在嵩山及环嵩山地区的诸多佛寺中有过祈子许愿礼仪，祈子灵验，便施造玉佛，佛身铭文写明子、女的名字，逐寺还愿，周王践行了诺言。

朱橚的15子、12女皆获得册封。长子朱有燉（1379—1439年），洪武二十四年（1391年）13岁，这年的三月被太祖朱元璋册封为周世子。洪熙元年（1425年）闰七月，周王朱橚病薨，朱有燉袭封周王爵位。

建文四年（1402年）八月八日，明成祖朱棣册封周王朱橚第二子朱有爋为汝南王，第三子朱有烜为顺阳王，第四子朱有爝为祥符王，第五子朱有熺为新安王，第六子朱有光为永宁王，第七子朱有煽为汝阳王，第八子朱有爌为镇平王，第九子朱有沸为宜阳王。

9个儿子在洪武、建文年间或受册封世袭藩爵，或受册封为王，朱橚十分高兴，认为自家获得的这些荣耀与自己频繁在嵩山佛寺虔诚祈愿分不开。所以，永乐元年（1403年），朱橚就开始筹备还愿的事项。经过七八年的精心准备，工程浩大的汉白玉石像雕造工作顺利完成，永乐七年九月前后，朱橚亲自护送诸尊汉白玉石像前往嵩山及环嵩山地区的多座佛寺，以报答佛恩。

现在见到的 8 尊造像铭记，分别是长子有燉、四子有爝、七子有熵、九子有炥，还有一个“佛宝”，揣测应该是夭折的第 16 子。辉县白云寺的汉白玉大势至菩萨像，是周王朱橚为女儿“吉祥”祈福所造。周王为儿子所造的均为佛像，且为不相同的佛像，比如释迦牟尼佛、阿弥陀佛、弥勒佛、辟支佛等；为女儿所造的是菩萨像，如大势至菩萨等，截至目前仅发现一尊。

周王朱橚病薨的第三年，即宣德二年（1427），宣宗朱瞻基册封周王朱橚第十子朱有熲为遂平王、第十一子朱有熅为封丘王、第十二子朱有熐为罗山王、第十三子朱有烔为内乡王、第十四子朱有熽为胙城王、第十五子朱有熜为固始王。至此，朱橚的 15 个儿子全部受到册封。

《明史》记载，“亲王女曰郡主”。朱橚的 12 个女儿全部被册封为郡主。建文四年（1402 年）冬十月，长女、次女分别被册封为仪封君主、兰阳郡主；永乐二年（1404 年）秋七月，三女被册封为信阳郡主；永乐三年（1405 年）五月，四女、五女、六女分别被册封为南阳郡主、永城郡主、荥阳郡主；永乐四年（1406 年）十一月，七女被册封为新乡郡主；永乐九年（1411 年）三月，八女、九女、十女分别被册封为宁陵郡主、陈留郡主、宜昌郡主；宣德六年（1431 年）夏四月，十一女、十二女分别被册封为商水郡主、中牟郡主。

通过现存的数尊周王朱橚施造的汉白玉石像像身镌刻的简短铭文，结合《明史》等有关记载，能够大致梳理出朱橚游嵩、拜佛的行踪和参与社会活动的思想特点，由此，这些造像具有不可替代的历史、艺术、文化价值。

结　语

爬梳朱橚与少林寺僧的交往史料，虽然寥寥，亦可寻见少林寺南园周府庵的始建者是开封周王府首任藩王朱橚。到了万历年间中后期，少林寺僧务缘上人又在周端王朱肃溱全额资金支持下重建周府庵，延续了朱橚与少林寺僧交往的实物见证。这些资料，可以弥补清《重修周府庵大殿金装神像碑记》记载的缺佚；弥补清《少林寺志》、清《登封县志》记载的空白。

在朱橚诸多著作中，《救荒本草》的科学成就最为突出。与传统本草著作不同，朱橚的描述来自直接的观察，不作烦琐的考证，只用简洁通俗的语言将植物形态等表述出来。描述一种植物，即附一插图，图文配合相当紧凑。特别值得重视的是，这部书的图比以往本草著作中的都准确、真实，在救荒方面起了巨大作用，开创了野生食用植物研究的先河。朱橚行走于嵩山进行野生植物品种考察，访问民间食用野生植物的做法，丰富了《救荒本草》的内容，记载嵩山和嵩山地区可食用的野生植物品种达120多种，记录了消除某些食用植物毒性的方法，如用豆叶与有毒植物商陆（外用解毒）同蒸以消其毒，丰富了嵩山文化学的内容。

朱橚施造汉白玉石像于嵩山佛寺，过去文献记载仅言"周王为生男，答报佛恩"，但到底是哪位周王未见载述。明代开封周王府前后共有11任藩王，朱橚是首任藩王。根据嵩山现存4尊玉佛铭文的施造纪年，可以确定玉佛的施造人是周王朱橚。除周王外，嵩山还保存有明代藩王中徽王、唐王、伊王、郑王等的遗迹，有待以后——解读。

清高宗乾隆与嵩山

　　清高宗爱新觉罗·弘历（1711—1799年），清朝第六位皇帝，定都北京之后的第四位皇帝。年号"乾隆"，寓意"天道昌隆"。雍正十三年（1735年）八月二十三日，雍正帝崩殂。九月初三日，24岁的弘历即皇帝位，以次年为乾隆元年（1736年），故又称乾隆皇帝。乾隆六十年（1795年），已经85岁的乾隆帝禅位于第十五子颙琰，即嘉庆帝。禅位后的第四年，即嘉庆四年（1799年）正月初三日，乾隆帝驾崩，享年89岁。庙号高宗，谥号法天隆运至诚先觉体元立极敷文奋武钦明孝慈神圣纯皇帝。乾隆是中国历史上最长寿的皇帝，实际执政的时间也最长。乾隆十五年（1750年），40岁的乾隆帝仿唐尧、虞舜巡狩五岳的做法，于九月三十日至十月初四日同皇太后、皇后，并率亲王贝勒、文武大臣等一行人，浩浩荡荡，莅临中岳，巡狩嵩山，短短几天时间，留下了一段煌煌文史佳话和一批光耀嵩岳的文化遗产。

乾隆在帝位60年，禅位后又归政3年余，在其摄政的63年间，曾遣使致祭中岳13次，数次整修中岳庙，使嵩岳礼制文化得以绵延亘续。

巡祀中岳

乾隆十五年（1750年）九月二十七日，乾隆帝由孟县（今河南省孟州市）渡黄河，晚驻孟津县。二十八日由孟津道过洛阳，渡洛水，驻跸洛水南原。二十九日，驾幸龙门，登西山宾阳洞，渡伊水，东登香山，游香山寺，晚驻跸李村。三十日辰刻（7:00—9:00），銮舆过偃师县缑山，将届轘辕关，乾隆帝命人先行传口谕，銮驾前不设警戒护卫，接驾者都可以瞻仰圣容，"无庸俯伏"。其时，登封县官民云集在轘辕关内，制彩亭香案，恭敬候迎銮驾。"（轘辕）关在嵩少之间，登邑西界。"很快，乾隆皇帝"拥盖乘马"来到轘辕关内，看到簇拥欢迎的人，群呼万岁，非常高兴，谕令从臣，凡"耄老民妇，各赐白金一锭"。欢迎仪式一直持续到未刻（13:00—15:00），乾隆帝来到少林寺，依次观览了山门、天王殿、三世祖佛殿（大雄宝殿）、法堂、方丈室、初祖殿（立雪亭）、毗卢殿（千佛殿）等建筑，寻访佛教禅宗初祖菩提达摩祖师圣迹，特别留意达摩面壁影石、寺内保存的唐宋以来的达摩祖师面壁图迹等。乾隆帝莅临嵩山时，登封稍旱，酉刻（17:00—

19：00）时分雷起少室山，雨水沛然而至，参与接待乾隆帝巡祀嵩山的官员和想目睹"天子"真容的众多士庶认为，喜雨解旱情，这是乾隆帝的恩泽普降嵩山啊！"天子"福泽惠及臣民，于是欢呼之声响遍嵩山岩谷。这场喜雨一直持续到半夜渐止。当晚，乾隆皇帝驻跸少林寺方丈室内，当时称为"行宫"，后人因此又称少林寺方丈室为"龙庭"。在方丈室内，乾隆帝"御制诗三首，又特制雨诗一首，以志喜"。

十月初一，天晴日朗，风和景明。乾隆帝早早从少林寺开始东行，龙旗鸾章，辉映林麓。来到会善寺，浏览寺院，认为这里是嵩山修行的好地方，驻足于此，所有的"尘念"都随风消散。龙王赐泉的故事让乾隆帝记忆颇深。众多的历史遗迹遗物，都是嵩山文化的代表，乾隆帝发出"太少无穷奥，于兹见一斑"的感叹，这也是乾隆帝给予会善寺的最高评价。御制《会善寺》诗一首、匾额对联两副。在会善寺少憩而出，已刻（9:00—11:00），乾隆帝骑马东行，渡双溪河桥，来到嵩阳书院大唐碑前，览观碑颂。下马，入嵩阳书院内观汉柏，登藏书楼，透过窗户向北瞻眺嵩山峻极、玉柱诸峰，在书院内徘徊良久，御制诗二首。从嵩阳书院出来，骑马徐行至万岁峰麓，见山色俊秀，乾隆帝称为佳山。将近中午，过西天中街来到中岳庙，"驾由遥参亭，至天中阁外下马"，从臣已在中岳庙内外安排安全保卫和警戒。乾隆帝从天中阁进入庙内，经配天作镇坊、崇圣门、化三门、峻极门，登峻极殿，礼拜康熙帝御制"嵩高峻极"匾额，入殿内，乾隆帝在香案前行礼，拜谒中岳神。礼毕，晚驻跸中岳庙行宫，御制谒岳庙诗二首、匾额五块、对联四副。行宫在中岳庙内凝真阁前，建成时名"御座房"，由两进院落、数座殿庑组成，今废毁，旧址仅余数座假山。

初二日黎明，乾隆帝在中岳庙大殿隆重举行致祭中岳嵩山神大典。鸿胪、太常二卿按照宗庙致祭制度布置祭岳仪式，协律郎48人奏乐，司仪官赞引，乾隆皇帝亲自行三献礼。礼成，御制诗一首。辰刻（7:00—9:00），乾隆帝坐轿登嵩山，沿着汉唐以来帝王游嵩常走的登山御道，从中岳庙后出发，经黄盖峰、滴水棚、好汉坡、青童峰、青岗坪、周道峰，向西过万岁峰北，继续北行，越过铁梁峡，至嵩山主峰峻极峰。乾隆帝站立嵩巅，环视四周风光，心旷神怡，赐峰名"凤凰山"，垒石为台，放鹤飞入云端，御制诗一首，以纪登临，并将诗碑刻立于嵩顶。因乾隆帝御制诗书碑立于嵩顶，故当地人又称嵩山主峰为"御碑峰"。

乾隆帝率众人顺跸路返回中岳庙，行至黄盖峰，又放鹿、鹤各三，寓意皇恩泽被天下。未刻（13:00—15:00），乾隆帝骑马从黄盖峰来到山麓，数以万计的民众拥到马前，争相近距离地观瞻皇帝容貌。因为人人都想亲眼看看"天子圣容"，人涌如潮，场面热闹，乾隆帝挽住马缰少停一会儿，与大家进行短暂的目光交流。乾隆帝乃入御营设宴，请诸王、参与接待和负责整修中岳庙及登山跸路的地方臣工吃饭，告诉他们嵩山之行很圆满，辛苦诸位。宴会结束后，乾隆帝又特地下发规定说，登封县是祭祀中岳嵩山的地方，应该给予优惠政策，施行蠲免辛未年（1751年）田租、税赋、租税。晚上驻跸中岳庙御营。御营位于中岳庙东华门外，是一座可移动的行宫，乾隆帝巡祀中岳结束，御营即随舆驾撤离。

初三日，皇太后、皇后乘坐舆驾自少室山向东而来，乾隆帝亲自到嵩阳书院前迎接皇太后，并陪皇太后入嵩阳书院游览。中午，乾隆帝前行，皇太后、皇后乘辇随后往中岳庙，从嵩阳书院到中岳庙的道路两旁，跪接的老幼妇女连续不断，"亦数千百人"。皇太后、皇后各有赏赐，东西都不一样，人们皆大欢喜。进西天中街来到天中阁前，游览中岳大庙。游览毕，乾隆帝侍奉皇太后从岳庙东华门出，晚上驻跸岳庙东华门外的御营，乾隆帝御制新月诗一首，极力称赞嵩山景物之美。

初四日凌晨，乾隆帝起驾，皇太后、皇后随其后从中岳庙御营出发，东出景店，离开登封县。晚上驻跸密县。初五日，銮舆由郑州还都。

御制嵩山诗、诗书碑暨各庙祠额联

乾隆帝巡祀嵩山，4 天时间，御制游嵩诗 13 首、各庙祠匾额 11 块、对联 10 副，综合述赞了少林寺、会善寺、嵩阳书院、中岳庙、嵩山等文化和自然遗产的多样性。清乾隆五十二年（1787 年）版《登封县志》卷一"皇德记"是记述乾隆帝巡祀中岳最详细的历史文献，为方便读者欣赏，现将乾隆帝御制游嵩诗 13 首摘录如下：

少林寺作

少林千载寺，少室一房山。

禅悦偶重叩，秋岩此乍攀。

树姿纷绮绣，涧响静潺湲。

却见来时路，轘辕云外关。

题面壁石

大地那非碧眼僧，九年面壁却何曾。

宋云道是逢葱岭，五叶原教到慧能。

片石无端留色相，千秋不必考明徵。

我非见布疑赝者，画取由他故事增。

宿少林寺用唐沈佺期韵

明日瞻中岳，今宵宿少林。

心依六禅静，寺据万山深。

树古风留籁，地灵夕作阴。

应教半岩雨，发我夜窗吟。

雨

止顿暮山苍，秋霖入夜长。

惯经曾塞北，初值此嵩阳。

讵止湔尘静，端资润麦香。

来朝林外路，马上试新凉。

会善寺

外方多宝地，净域辟云关。

自占山川秀，遥看花树殿。

到来尘念息，试坐稚冬闲。

绀宇怡神静，丹梯举足攀。

龙池喷德水，雁阁礼华鬘。

太少无穷奥，于兹见一斑。

嵩阳书院

书院嵩阳景最清，石幢犹纪故宫名。

虚夸妙药求方士，何似菁莪育俊英。

山色溪声留宿雨，菊香竹韵喜新晴。

初来岂得无言别，汉柏阴中句偶成。

汉柏行

我曾快读杜甫诗，千秋绝作叹莫比。

嵩阳今见汉时柏，学步吟怀不能已。

久与公孙并得名，颍川嵩岳近尺咫。

颍川马鬣尚存无，嵩岳龙身犹故尔。

世人安得如汝寿，休论二在一已毁。

是时雨后凉飙起，浏莅卉歙声盈耳。

金幢玉节舞其翮，瑞凤祥鸾集爰止。

柏下平铺金粟纸，写形要欲写其理。

浮丘伯、周王子，风雨晦暝翱翔是，

倘更逢之亦图彼。

谒岳庙

正正堂堂地，巍巍焕焕京。

到来瞻气象，果足庆平生。

惬我长年愿，陈兹祈岁情。

忽闻鸾鹤韵，疑有列仙迎。

岳庙秩祀礼成有述

明禋亲举备官悬，德并高峰峻极天。

秩视三公伊古重，名尊五岳匪今然。

会其有极神如在，允建于中道岂偏。

肸蚃愿陈心所愿，笃生申甫佐蕃宣。

登嵩山华盖峰歌

嵩高峻极周雅谈，居中镇东西朔南。

宇宙以来鲜比参，时巡秩祀驻绛骖。

殷礼藏事神人忺，一登绝顶众妙探。

宿嗤丹药求仙岩，无事登封埋玉函。
侍臣告我初寒添，太空黯黕凝云岚。
我笑谓之正所耽，不宜返辔山灵惭。
神区奥壤贵静恬，千乘万骑纷奚堪。
策马减从遵路巉，异哉所见真不凡。
二十四峰左右咸，中为华盖尊且严。
俯视罗列如孙男，不须缕指其名拈。
少室三十六峰尖，向者背者都包含。
以河为带颍为襟，为唐为宫复为谽。
隆崇案衍𥨐以窾，崒嵂巀嶭摧崣嵌。
丹黄紫翠青碧蓝，声兮卉歙气兮醃。
博大富有莫不兼，幻以云容技毕覃。
英英霭霭滃昙昙，变远为近夷为险。
黄山云海歌德潜，如遇嫱旦矜无盐。
泰山昔亦陟岩岩，引兴未似今兹酣。
携来双鹤其羽毵，放去聊任王乔骖。
卓午蹑景归骖驔，纷迎老幼围层嵁。
警跸不饬任就瞻，尊亲亦可民情觇，
呼万岁者奚啻三。

新月

过雨琉璃洁，入冬虾蟆冷。

武帐冰夜窗，豫天影退岭。

怡神在沈寥，流藻契虚静。

可惜别嵩门，未一揽清景。

命吴应枚图嵩山华盖峰仍叠前韵

即景不能默于谈，昨来瞻岳洛以南。

其峰造极惬静参，华盖之下停龙骖。

偿我夙愿引我忱，目所揽结兴欲探。

讵惟一壑与一岩，维岳与镇都包函。

是宜纪咏诗囊添，问上问下隔层岚。

其呼万岁奚足耽，无德登封实可惭。

不如校景收清恬，石溪曲折路尚堪。

底须鏊凿为崷巉，下视群峭知其凡。

金台玉镜积翠咸，铁梁大小殊森严。

捣衣玉女不嫁男，常有云物供绣拈。

嵩门待月才眉尖，谪仙人宅万古含。

大化冥合开胸襟，如响应声空谷谽。

侍臣赓韵艰谿谾，磨崖擘窠大字嵌。

他年谁其青出蓝，莫使薜荔蒙茸毵。

尔枚阙里归程兼，要当诗画艺两覃。

无举柱史及瞿昙，名教之中乐无险。

漫云月窟天心潜，大羹有味匪醢盐。

试走健笔为云岩，鬼神入处气益酣。

两行烟柳疏毵毵，燕山赵水迎归骖。

长歌还忆陟巉驔，题帧何异书崇嵁。

携归温室资吟瞻，香光家法待更觇，

是谓举一乃得三。

命董邦达图嵩山华盖峰再叠前韵

周禅瀛海逞辩谈，强分疆界朔与南。

运诸掌上默以参，何须遍历扬斿缪。

其间民物戚及忱，用怀康乂时筹探。

省方讵惟赏川岩，曰有深义于中函。

鼓舌底虑浮议添，秩祀岳庙瞻遥岚。

华盖左右飞兴耽，竟不能登我实惭。

山灵云物意趣恬，投我无报其奚堪。

仄径追攀未觉巉，造极下视殊仙凡。

空谷有声应速咸，刚柔合德均宽严。

大矣时义称少男，荡胸决眦供吟拈。

无所假藉群峰尖，天中众美已毕含。

百五十里敞神襜，虚牝潨洞气长馠。

广生博大穹窿谽，飞泉漱石玲珑嵌。

几曾点缀资精蓝，道之犹觉齿颊馣。

应枚小试霜毫兼，亦云其可力已覃。

譬之言佛必瞿昙，是理易喻非奇险。

孰抉窔奥开幽潜？如恒河中投升盐。

尔达素工为云岩，定当技痒落笔酣。

松窗月影寒毵毵，静观绝艺谁方骖。

使我兴在驱骊驔，曰某层峰曰某嵁。

——聚米同亲瞻，陈迹俯仰频怀觇，

快哉长韵赓其三。

　　乾隆帝御制嵩山诗 13 首，有 6 首诗分别镌刻在 8 通石碑和 1 处摩崖石壁上，保存在少林寺、会善寺、嵩阳书院、中岳庙、登嵩御路滴水棚和嵩顶等处。这些御碑经历了两百多年的风风雨雨，到今天有的已经损毁，仅余些许遗迹；有的部分已损坏，还有残石；有的保存较为完好，欣赏者络绎不绝。

　　少林寺乾隆御制诗书碑：碑在大雄宝殿月台前东南御碑亭遗址上，龙首方趺，由碑座、碑身、碑首三部分组成，通高 3.66 米，宽 1.13 米，厚 0.28 米，碑首六龙盘护，前后两面雕刻双龙戏珠，方形碑趺雕双凤牡丹和祥云图饰。碑文是乾隆庚午即乾隆十五年（1750 年）九月三十日晚，乾隆帝驻跸少林寺时御制《宿少林寺用唐沈佺期韵》诗，行草字体，潇洒顺畅，字径 10 厘米 ×8 厘米，诗文 3 竖行，碑末署："乾隆庚午九秋之杪宿少林寺用唐沈佺期韵"等字。何谓"九秋"？秋季九十日，意为深秋；"杪"者，则为深秋的最后一天。此碑刻立之际，建有方形重檐攒尖黄琉璃瓦覆顶的碑亭，人称"御碑亭"。1928 年春，军阀石友三火烧少林寺时焚毁，仅存御碑亭基台和诗碑。

会善寺乾隆御制诗书碑： 碑在大雄宝殿前中轴甬道东侧御碑亭基址上，乾隆十五年（1750 年）初冬刻立御碑时，建有六角重檐攒尖黄琉璃瓦覆顶的御碑亭。1966 年 8 月，碑亭被扒毁，御碑被推倒，碑身断为两截。2005 年登封市文物管理局黏接修补了御碑碑身，复立于旧址。御碑亭基址由青砖砌筑而成，青石条沿边，保存完好，方形碑跌位居亭基台正中偏北，方形跌座上竖立乾隆御制诗书碑，碑刻御制《会善寺》诗，碑首佚失。御碑现高 3.08 米，宽 1.15 米，厚 0.22 米。

嵩阳书院乾隆御制诗书碑： 碑在讲堂前中轴甬道东侧御碑亭内，乾隆十五年（1750 年）初冬刻碑建亭，碑文为乾隆帝御制《嵩阳书院》诗，诗中乾隆帝高度赞扬历代嵩阳书院作为文化教育场所，培育了很多有用的人才。清末民国初年，御碑亭塌毁。1967年御碑被某校老师推倒，敲砸碑身，后在登封县文物保管所文物干部宫熙的强烈阻止下，破坏行为渐止。方形碑座的边沿被砸坏，掀倒在御碑亭遗址上，碑首和砸残的半截碑身被遗弃在书院内。20 世纪 80 年代初期，登封县文物保管所克服重重困难，将御碑残件归拢在御碑亭遗址旁。2004 年夏，登封市文物管理局黏接修补碑身、碑座，和碑首组合后，重新竖立在御碑亭旧址。因碑身损毁严重，残高 0.71—1.51 米，宽 0.99 米，厚 0.23 米，碑文仅余"石幢、似菁莪、声、韵喜、无言、句偶成、朔日御题"17 字。2005年 3 月至 9 月，登封市文物管理局复建了方形重檐攒尖顶御碑亭。

乾隆御制《岳庙秩祀礼成作》诗书碑：碑在中岳庙大殿前拜台东侧御碑亭内。碑、亭皆建于清乾隆十五年（1750年）冬十月，御碑龙首方趺，通高3.80米，宽0.88米，厚0.16米，额题"御书"二字，篆书字体；碑文为乾隆十五年（1750年）十月初二日黎明，乾隆帝在中岳庙大殿举行祭岳大典礼成而撰书《岳庙秩祀礼成作》七言律诗一首，草书，字径6厘米。御碑亭原名"御香亭"，是古代帝王祭祀岳神放置祝香的地方，乾隆十五年刻立乾隆御制诗书碑后，始称"御碑亭"。亭为八角重檐攒尖黄琉璃瓦覆顶，上下檐分别施七踩和五踩斗栱，周以回廊，南北辟亭门，安置两扇棂子隔扇门，其余六面下碱墙上，每面有两扇棂子隔扇窗，共12扇。

乾隆御制《谒岳庙》诗书碑：嵌置在三仙殿月台西侧墙壁，乾隆十五年（1750年）十月刻。《谒岳庙》是一首五言律诗，共8句诗文，40字，分刻在两通石碑上，草书字体，字甚大，字径20厘米。两碑无趺，无碑首，只有碑身。第一通碑高2.3米，宽1.3米，刻诗文26字，至"陈"字止；第二通碑高2.45米，宽1.17米，刻诗文14字，从"兹"字开始，其后署"乾隆庚午冬十月朔谒庙作"，再后有"御笔"二字。两碑四周无装饰图案，过去一直倒放在三仙殿月台西侧。两碑碑阴皆有文字，首碑刻清康熙时登封知县杨世达及诸多捐资者捐资重修学宫功德人姓名；次碑刻明万历时参加祭岳礼制活动的登封县乡绅焦子春、崔应科及诸多地方官员、乡绅的姓名。由此推知，乾隆帝祭岳御制《谒岳庙》诗后，负责镌刻诗碑的地方官员利用旧碑镌刻乾隆诗文，碑将成，恐惧承担对皇帝大不敬的罪名，便将碑弃置中岳庙三仙殿，因之此两碑缺碑座与碑首。1994 年春末夏初，中岳庙道教民主管理委员会新建三仙殿月台西侧围墙，将碑嵌置墙中。

乾隆御制《谒岳庙》诗书摩崖刻石：位于太室山青童峰南麓登山御路旁滴水棚一块巨大的山石上，石面呈斜坡状，磨平部分边框大致呈方形，高 4.5 米，宽 4 米；边框内四周雕饰"富贵不断头"图案装饰，刻字部分内径高 2.26 米，宽 2.22 米，《谒岳庙》诗文 5 行，行满 10 字，行草字体，字径 26 厘米 × 22 厘米；诗文后署"乾隆庚午冬十月朔谒岳庙有作，御笔"15 字，竖排 2 行，印玺二枚。乾隆十五年（1750 年）冬十月刻。

乾隆御制《登嵩山华盖峰歌》碑：碑嵌三仙殿月台西侧墙壁，乾隆十五年（1750 年）冬十月刻，平首方趺，原雕龙碑首佚失，碑高 2.60 米，宽 1.05 米，厚 0.65 米，碑文 10 行，满行 33 字，行草字体，字径 5 厘米。文末署"乾隆庚午初冬登嵩山华盖峰作并书"。此碑诗文和嵩山峻极峰巅刻立的乾隆御制《登嵩山华盖峰歌》碑诗文完全相同，仅诗句间的注释略有不同。

嵩顶乾隆御制《登嵩山华盖峰歌》碑：华盖峰，为嵩岳最高处，是为中峰，取紫微垣华盖之意，俗称嵩顶。乾隆十五年冬十月初，高宗弘历登临嵩巅，赋《登嵩山华盖峰歌》诗以记所见所闻，刻碑立在绝顶处，建有御碑亭，四周围以石槛。清朝末年，碑亭坍塌，碑仆且断。民国中后期，碑佚失，今嵩顶仅存方形碑座，且残缺一块，座高 0.45 米，宽 1.12 米，厚 0.39 米。

乾隆帝御制匾额11块、对联10副，分别悬挂在中岳庙、会善寺、少林寺。

中岳庙前殿（中岳庙大殿）： 镇兹中土。二室集神庥，阴阳式序；三台垂福荫，风雨以和。

中岳庙二层殿（寝殿）： 神岳崇严。包伊洛瀍涧并效灵庥；长衡泰华恒永凝禔福。

中岳庙天仙宫： 灵符万寓。石室灵虚参秘篆；玉膏凝润普元符。

中岳庙行宫： 胜萃三门。仙馆挥弦调颍水；书岩琢句撷嵩云。

会善寺佛殿： 灵鹫真如。一曲香泉应洗钵；千峰花雨不沾衣。

会善寺菩萨殿： 空澄水月。大地山河归宝掌；中天日月绕金轮。

少林寺初祖殿（立雪亭）： 雪印心珠。

少林寺三世祖佛殿（大雄宝殿）： 香岩云梵。法印启三明，慧通眼藏；香岩标七净，妙涤心尘。

少林寺毗卢殿： 法印高提。山色溪声涵静照；喜园乐树绕灵台。

少林寺行宫（方丈室）： 秀挹嵩云。登封何必全规李；竹室无妨小似卢。

少林寺达摩殿： 最胜觉场。玉岫香云开法界；珠林花雨静禅心。

时至今日，这些匾额对联只有"雪印心珠"匾悬挂在少林寺立雪亭内神龛上方，"法印高提"匾和对联"山色溪声涵静照；喜园乐树绕灵台"悬挂在少林寺千佛殿内神龛，其他额联均已无存。

重修嵩山岳庙

　　中岳庙是历代官民祭祀中岳嵩山的场所，为确保礼祭场所的庄严肃穆与整洁，需要经常整修与维护。乾隆年间（1736—1795年）曾多次重修岳庙，敕令修庙主要有以下四次。

　　乾隆十五年（1750年）正月初一刚过，为迎接九月乾隆帝祭祀嵩山、为生民祈福，朝廷敕令河南巡抚衙门、布政使司衙门负责督促完成前期筹备。河南南阳知府崔应阶、内黄县令蒋希宗等人奉河南巡抚鄂容安、布政使富勒赫的委派，于灯节（正月十五）前来到嵩山，负责河南府洛阳、偃师县、登封县皇帝驻跸的多个行宫的选址与建设，同时兼修岳庙。具体修庙任务由内乡县教谕闻启运、裕州吏目楼干、唐县典史韩万钟负责落实。重修岳庙按照乾隆帝审核颁发的《钦修嵩山中岳庙图》实施。修庙工程自是年仲春开工，重修了名山第一坊、遥参亭及东西天中街口牌坊、天中阁、峻极坊、崇圣门、古神库、化三门、四岳殿、东华门、西华门、峻极门及东西掖门、迎神门、填台、峻极殿及月台、东西廊坊、大殿后川廊、寝宫、配房、东院凝真阁、黄篆殿与左侧老君殿及右侧真武殿、黄盖峰顶岳庙、庙内三官殿和火神殿及道士居所、药房、厨房等诸多建筑，在凝真阁南恭建（新建）御座房院，供乾隆帝莅临嵩山时居住。整个重修工程持续百余日，到初秋竣工。重修中岳庙的木工匠人从南阳招募而来，所需木材、砖瓦等建筑材料就近取自登封县的大唐里、曲告里、王石里，日常干活的劳力工是天中街（中岳庙村）的居民，大家聚集在一起，不嫌脏累，不怕吃苦，使修庙工程顺利告成。工成之日，"万姓欢呼"。

重修岳庙竣工后，乾隆帝颁赐《钦修嵩山中岳庙图》木刻板存留庙中。1936年6月，建筑史学者刘敦桢先生和中国营造学社研究生陈明达、赵法参等人到中岳庙考察古建筑及金石文物，见到该图木刻板，甚为重视，认为此图是研究嵩山中岳庙乃至中国祠庙建筑布局、礼制建筑群规划营建少见之蓝本。后佚失。

乾隆二十五年（1760年）三月八日至五月二十五日，朝廷敕令河南巡抚胡宝泉主持重修中岳庙，共用银四千八百二十九两七钱八分。修饰正殿九间、寝殿五间、陪殿四座，以及迎神门、峻极门、东西掖门、左右廊庑、天中阁和庙院围墙等，使用木料"一万有奇，砖瓦、灰石、铁钉、绳麻、颜料若干，工役劳费若干"。整个工期仅七十多天，还包括彩画油漆。此次重修岳庙，距乾隆帝巡祀嵩岳只有10年时间，是乾隆时期一次较大规模的修庙活动。

乾隆四十八年（1783年）季春，钦命重修中岳庙告成，河南巡抚李世杰奏请乾隆帝撰写修庙碑记。乾隆帝回忆巡祀中岳之事，庚午年（1750年）巡祀中岳到现在已经三十多年了，当时的情景他还记得清清楚楚，嵩山中岳庙雄镇中州，地位无偏，希望能够保佑黎民百姓，惠泽多多，因此他叠庚午《岳庙秩祀礼成有述》诗韵，御制七律诗一首，命渤石中岳庙内。诗曰：

庚午禋回心每悬，嵩云南望德参天。

卅年以久事宜作，此日维新理合然。

庙镇中州崇莫并，殿临黄道正无偏。

敬吟长律当碑洌，希佑黔黎惠泽宣。

　　碑在中岳庙拜台西侧御碑亭内，六龙盘首，方形碑趺，碑身有字7行，行满25字，行草字体，字径7厘米。碑通高3.76米，宽0.88米，厚0.18米。碑额篆书"御制"二字。此御制诗书碑钤盖乾隆帝印章三枚，其一为"双龙"印，寓意乾隆帝乃真龙天子；其二为"古稀天子之宝"，乾隆四十八年（1783年），乾隆帝已73岁，已过古稀之年，此印当属喜印；其三为八卦"乾"字印，乾即天，喻指"天子"是德才之君，又象征阳刚和康健，喻义国家强盛、自己身体健康。

　　乾隆五十一年（1786年），河南巡抚毕沅奉敕重修中岳庙，改建名山第一坊、秀毓三河坊、位中四岳坊、配天作镇坊等。

　　乾隆帝数次敕令重修嵩山中岳庙，奠定了如今岳庙的建筑布局。庙内殿堂结构雕饰，以及内部的和玺彩画，均系清代官式做法，具有重要的学术价值。

祭岳礼器与玉如意

　　乾隆帝巡祀中岳，祈求风调雨顺，国泰民安，所用祭器皆为特制，工艺精湛。器型纹饰与嵩岳文化印迹息息相关，祭祀嵩山礼成，留用庙内，作为以后祭祀中岳嵩山的常用礼器。中岳庙保存乾隆帝祭岳礼器十件。

铜铸大鼎炉：一件，现置放在中岳大殿神龛前供案上，是祭祀焚香所用礼器，铸造于清乾隆十五年（1750年），由四鼎足、方形鼎腹和两鼎耳三部分组成，通高78厘米。方形鼎腹上口长55厘米，宽42厘米，鼎腹和四足是整体铸成，两鼎耳是在鼎身铸成后再在其上安模、翻范（模型）浇铸上去的。四鼎足呈兽首状。鼎腹前外壁正面铸"五岳真形图案"，腹之上口沿外侧两端铸饰飞龙，中间铸字"大清乾隆年造"；鼎腹后壁亦铸"五岳真形图案"，上口沿铸饰"双龙戏珠"；鼎腹两侧面中间铸八卦中乾卦图案，乾图上下铸龙首，两侧铸飞龙，上口沿铸饰"双龙戏珠"。鼎腹四角各铸饰火焰尖三个。两鼎耳素面。

铜铸方形大蜡台：共两件，现置放在中岳大殿神龛前供案上，是祭祀点燃蜡烛所用礼器，铸造于清乾隆十五年（1750年），通高71厘米，整体呈方形，由底座、台身、托盘、蜡签四层构成。底座地层长、宽各32厘米，底座呈三层内收叠涩层，中层前面中间铸有"大清乾隆年造"字样，再上是座身，向上收分明显，中间内凹些许，前后壁铸有"五岳真形图"；底座之上为台身，四面有铸饰图案；台身之上是托盘，盘沿外壁四面均铸"双龙戏珠"，长、宽各37厘米；托盘内中央为柱状体蜡签，盘内四壁素面。

铜铸方形大花瓶：共两件，又称宝瓶，方形，道教中的主要供器之一，是给神灵供奉灵芝仙草等的礼器，现放置在中岳大殿神龛前供案上。高75厘米，由底座、瓶腹、瓶脖瓶口三层组成，底座正方形，长、宽均23厘米，底座正面分三层内收，中层中间铸字"大清乾隆年造"；瓶腹前后两面均铸有"五岳真形图"，左右两侧铸八卦中乾和坤图案；瓶脖四面铸饰"双龙戏珠"，瓶口长、宽均为23厘米。

铜铸小鼎炉：一件，现放置在中岳大殿神龛前供案上，和前述"铜铸大鼎炉"形制一样，体形较小故名，通高45厘米，鼎腹口沿长44厘米，宽31厘米。

铜铸方形小蜡台：共两件，现放置在中岳大殿神龛前供案上，和前述"铜铸方形大蜡台"形制一样，体形较小故名，通高55厘米，台身均铸有"大清乾隆年造"字样。

铜铸方形小花瓶：共两件，现放置在中岳大殿神龛前供案上，和前述"铜铸方形大花瓶"形制一样，体形较小故名，通高55厘米，瓶身均铸有"大清乾隆年造"字样。

20世纪60年代中后期，登封县文物保管所宫熙先生将这十件乾隆帝祭岳礼器拿到文物仓库集中保管，使礼器得以存留至今。1984年，县政府同意登封县文化局、登封县文物保管所将其归还中岳庙道教民主管理委员会保管使用。

玉如意：共九柄，分别是白玉如意两柄、红白玛瑙如意两柄、云碧如意两柄、翡翠如意一柄、水晶如意一柄、黄玛瑙如意一柄，质料优美，雕工精美。乾隆十五年（1750年）冬初越南国使者赴大清国纳贡，时乾隆帝巡祀中岳，使者亦到登封，在中岳庙呈献贡品九柄玉如意。高宗感念中岳嵩山钟灵毓秀，遂将如意留于登封，作为致祭中岳的陈设。玉如意日常存放在登封县衙库房中，专人管护，历任知县都要移交和接收。每逢官祭嵩岳，必陈设于岳庙祭案，岁岁如此。民国伊始，官祭中岳活动停止，玉如意遂收藏到博物馆。关百益《登封如意考》说：

> 乾隆年间，高宗纯皇帝来中岳，时越南国纳供九柄如意，亦到登封。高宗念中岳钟毓之灵，因将如意留於登封，以备祀岳陈设之用。考皇朝通典：乾隆十五年十月，皇上巡幸中州，亲诣嵩岳庙上，翌日致祭。皇朝通志、皇朝文献通考略同。东华录亦云：乾隆十五年冬十月辛未上诣中岳致祭，是高宗祭嵩岳事，昭昭可考，独越南国供如意，及留如意以供祀岳之用，则均未见记载，今实物俱在，足补史之阙文已。

清乾隆四十四年（1779年）《河南府志》记载：

> 乾隆十五年圣驾巡幸时，恭修祀事，钦赐如意九枝，藏庙中，奉为万世法宝。计白如意两枝、翡翠如意两枝、红白玛瑙如意两枝、云碧如意一枝、黄玛瑙如意一枝、水晶如意一枝，用紫檀盒装盛。

关于九柄玉如意保存沿革，关百益《登封如意考》中有叙述：

> （如意有）紫檀木座并黄锦匣盛之，旧在登封县署，另阁封存，历任知事，皆备案移交，郑重将事。民国初年，县署被匪纵火，原卷尽焚，幸如意保存无恙。七年九月，河南

督军兼省长赵倜，派委员萧振泰，向登封县知事钟汝廉，将如意悉数提省。十一年赵倜离汴，直鲁豫巡阅使吴佩孚恐如意有失，乃命河南实业厅厅长吴肃接收。自十五年春，省公署准省议会议决，复由实业厅移交河南图书馆附设古物保存所，俾与新郑古器并列保存。十九年夏，奉省府令取销古物保存所，改组为河南古物保存委员会，而地址仍旧。至二十年春，奉省府令，取销河南古物保存委员会，归并河南民族博物院，又改河南民族博物院为河南博物馆，将如意并新郑古器等，尽移存于馆内。此登封如意辗转存处之大略兹仍以登封如意且之者纪其朔也。

1937 年日寇侵华，为确保馆藏文物不被日寇破坏，国民政府从河南精选包括九柄玉如意在内的 38 箱珍贵文物运至重庆以避战火。1949 年 11 月 27 日，38 箱河南文物被运至台湾，九柄玉如意现存台湾历史博物馆。

遣使致祭嵩山

乾隆帝曾遣使致祭嵩山 13 次，祭祀地点均在中岳庙大殿，礼成，多镌刻"御祭文"碑立于中岳庙内，这些祭祀碑刻是中国礼制文明发展、兴盛的实物见证。

乾隆元年（1736 年）十二月，高宗弘历登极，遣礼部侍郎王鋐致祭中岳。其文曰：

惟神望崇峻极，迥峙中州，和会阴阳，生灵资福，朕赞承大统，仰绍前徽。伏念皇考临御以来，敬祀明神，肃将礼祀。灵祇孚应，昭受鸿庥，清宴莫安，茂登上理。兹当嗣位之始，宜隆望秩之仪。特遣专官，虔申告祭，惟冀雨旸时若，年谷顺成。万方蒙乐育之庥，兆姓荷骈幪之德。尚其歆格，鉴此精诚。

乾隆十三年（1748年）五月十一日，乾隆帝东巡山东，遣河南分巡河陕汝道按察使司副使张学林祭告中岳。礼成，登封县知县施奕簪等人主持镌刻"御祭文"碑立于御书楼西侧御碑房内。碑圆首，高1.80米，宽0.65米，碑额篆书"御祭文"三字，竖行。碑文曰：

维乾隆十三年岁次戊辰五月甲申朔越十一日甲午，皇帝遣河南分巡河陕汝道按察使司副使张学林致祭中岳嵩山之神曰："惟神雄标峻极，位镇中央；灵气郁蟠，阴阳合会。朕仰承丕绪，时迈省方，载举旧章，专官秩祀，神其鉴焉。"

河南分巡河陕汝兼管水利道按察使司副使张学林。

河南府知府陈锡怡。

登封县知县施奕簪，儒学教谕张鹗荐，训导牛承德，典史闻源远。

乾隆十四年（1749年）六月，高宗以中宫摄位，慈宁晋号，遣日讲起居注官、翰林院侍读学士顾汝修祭告中岳。礼成，登封县知县施奕簪等人主持镌刻"御祭文"碑立于御书楼西侧御碑房内。碑圆首，高 1.18 米，宽 0.70 米，碑额篆书"御祭文"三字，竖行；碑文楷书，12 行，行满 26 字，字径 3 厘米。碑文曰：

维乾隆十四年己巳月建辛未朔日丁丑越祭日甲申，皇帝遣日讲起居注官翰林院侍读学士顾汝修致祭于中岳嵩山之神曰："惟神位宅天中，德标峻极；阴阳和合，八表具瞻。慈以边徼敉宁，中官摄位，慈宁晋号，庆洽神人。敬遣专官，用申殷荐，神其鉴焉。"

钦差日讲起居注官翰林院侍读学士顾汝修。

礼部笔帖式成海。

陪祭官河南分巡河陕汝道按察使司副使张学林。

登封县知县施奕簪，训导署教谕事牛承德，典史闻源远。

乾隆十五年（1750 年）十月，皇上以慈宁晋号，遣翰林院侍读学士周长发祭告中岳。祭文曰：

惟神位宅天中，德标峻极，阴阳合会，八表具瞻。兹以正位中宫，鸿仪懋举。慈宁晋号，庆洽神人。敬遣专官，用申殷荐，神其鉴焉。

乾隆十七年（1752 年）正月，皇上以皇太后六旬万寿，遣翰林侍讲学士朱基祭告中岳。祭文曰：

惟神位宅天中，德标峻极，阴阳合会，八表具瞻。兹以慈宁万寿，懋举鸿仪，敬晋徽称，神人庆洽，特遣专官，用申秩祭，神其鉴焉。

乾隆二十年（1755年）八月，皇上以加皇太后徽号，平定准噶尔大功告成，遣日讲起居注官、翰林院侍读学士、提督山东学政谢溶生祭告中岳。礼成，登封县知县萧应植等人主持镌刻"御祭文"碑立于御书楼西侧御碑房内。碑高1.60米，宽0.66米，廪膳生员刘诰正书丹，楷书，字径2厘米。祭文曰：

　　　　维乾隆二十年岁次乙亥八月壬寅朔越七日戊申，皇帝遣日讲官起居注翰林院侍读学士、提督山东学政谢溶生致祭于中岳嵩山之神曰："惟神雄峙中天，德标峻极；均和寒暑，统会阴阳。兹以平定准噶尔，大功告成，加上皇太后徽号，神人洽庆，中外蒙庥。敬遣专官，用申秋祭，惟神鉴焉。"

　　　　钦差日讲官起居注翰林院侍读学士、提督山东学政谢溶生。

　　　　礼部委署主政加四级鄂赉。

　　　　河南分巡河陕汝道张学林。

　　　　河南府知府高趌。

　　　　署登封县知县萧应植，教谕王大辂，训导于泮，典史刘元魁。

　　　　廪膳生员刘诰书丹。

　　乾隆二十五年（1760年）正月，皇上以荡平回疆叛乱，遣内阁侍读学士兼上书房行走龚学海祭告中岳，礼成，刻"御祭文"碑立于中岳庙御书楼西侧御碑房内。碑圆首，高1米，宽0.6米，额刻"御祭文"三字，竖行；碑文由登封县增广生员傅维城书丹，楷书字体，字径2厘米。祭文曰：

> 维乾隆二十五年岁次庚辰孟春月丁未朔越祭日己酉，皇帝遣内阁侍读学士、上书房行走龚学海致祭中岳嵩山之神曰："惟神位正中央，体凝峻极。柳张分次，丽乾曜之七星；河洛钟灵，奠坤舆于两戒。四表之阴阳交会，万方之风雨同和。兹以逆回荡平，大功告定。庆六师之克捷，我武惟扬；仰二室之巍峨，鸿庥远庇。敬举告功之典，用伸秩祀之文。式荐馨香，伏惟昭鉴。"
>
> 钦差内阁侍读学士、上书房行走龚学海。
>
> 礼部笔帖式富明。
>
> 河南府知府张斑。
>
> 登封县知县孔毓孜，教谕王发澄，训导冯征麟，典史孙佩声。

乾隆二十七年（1762年）正月，皇太后七旬万寿，皇上遣经筵讲官、吏部左侍郎董邦达祭告中岳，礼成，刻"御祭文"碑立在中岳庙御书楼西侧御碑房内。碑圆首，高1.7米，宽0.65米，额刻"御祭文"三字，竖行；碑文由登封县廪膳生员刘诰书丹，楷书字体，字径2厘米。祭文曰：

> 维乾隆二十七年岁次壬午正月乙未朔越二十五日庚申，皇帝遣经筵讲官、吏部左侍郎加二级董邦达致祭于中岳之神曰："维神望重嵩高，位临洛汭。产菖蒲之九节，开贝叶以三花。室辨东西，遥望群真岳降；诚通响应，曾传夹道山呼。兹以

慈闱万寿，懋举鸿仪，敬晋徽称。神人庆洽，仰灵祇于嵩岳；敬奉明禋，修祀典于中州。聿申祗告，特修殷荐，用答神麻。"

钦差经筵讲官、吏部左侍郎加二级董邦达。

礼部笔帖式加二级玉柱。

河南分巡河陕汝兼管水利道欧阳永裿。

河南府知府加八级纪录二十六次记功五次傅尔瑚讷。

登封县知县邱峨，训导冯征麟，典史孙佩声。

廪膳生员刘诰书丹。

乾隆三十七年（1772年）正月，皇上以皇太后八旬万寿，遣户部右侍郎范时纪祭告中岳。其文曰：

> 惟神配天作镇，应地凝基。填星正位乎中央，山势雅歌夫峻极。石坛春满，贝树长而三花；瑶草云封，菖蒲生而九节。兹以慈闱万寿，懋举鸿仪，敬晋徽称。神人庆洽，仰灵祇于嵩岳，石髓流膏，祀祥瑞于仙台。山呼傲庆，爰申昭告，用答神麻。

乾隆四十一年（1776年）七月，皇上以平定两金川叛乱，遣内阁侍读学士欧阳瑾祭告中岳，礼成，刻"御祭文"碑立在中岳庙御书楼西侧御碑房内。碑圆首，高1.60米，宽0.65米，祭文由登封县增广生员傅联登书丹，楷书，字径3厘米。祭文曰：

> 维乾隆四十一年岁次丙申七月庚午朔越十一日庚辰，皇帝遣内阁侍读学士欧阳瑾致祭于中岳嵩山之神曰："惟神柳曜分躔，洛滨耸峙。环维翊拱，乘土德而居尊；峻极比隆，

宅中天而坐镇。风雨因兹而和会，岩峦益显其灵奇。兹以两金川小丑削平，大功底定。张国威于九伐，边徼攸宁；答神贶之三呼，明禋斯秩。敬展钦柴之典，虔申昭告之文。荐此馨香，伏惟歆鉴。"

钦差祭告内阁侍读学士欧阳瑾。

捧香帛太常寺笔帖式达桑阿。

陪祭官河南府知府加三级随带加一级纪录八次施诚。

登封县知县曾友伋，教谕兼署训导吕履谦，典史孙佩声。

增广生员傅联登书丹。

乾隆四十五年（1780年）三月，皇上七旬万寿，遣詹事府梦吉祭告中岳。其文曰：

惟神配天耸秀，应地凝基。腾光彩于弧躔，萃精英于柳宿。德符峻极，载赓周雅之诗；位正中央，永作豫州之镇。兹以朕七旬展庆，九有胪欢。懋举崇仪，特申昭告。荷嘉庥以瞻石室，广被无疆；答灵贶而企仙台，明禋有恪。尚祈右飨，克鉴精诚。

乾隆五十一年（1786年）三月，皇上遣礼部左侍郎庄与存祭告中岳。其文曰：

惟神配天耸秀，应地凝基。腾光彩于弧躔，萃精英于柳宿。德符峻极，载赓周雅之诗；位正中央，永作豫州之镇。慈当鸿图锡羡，凤纪增绵。懋举崇仪，特申昭告。荷嘉符以瞻石室，广被无疆；答灵贶而企仙台，明禋有恪。尚祈右飨，克鉴精诚。

乾隆五十五年（1790年）三月，皇上八旬，遣使祭告中岳。此次祭祀嵩山，《清朝文献通考·郊社》有载，无祭文。

结　语

乾隆帝巡视中岳嵩山，有着重要的社会影响。

第一，关注民生，有利于社会稳定。巡祀嵩山结束，乾隆帝为表达中岳之行的盛举，下发上谕三道：其一，免除河南所有经过地方应征地丁钱粮的十分之三；其二，全免省会开封祥符县和中岳庙所在地登封县辛未年（1751年）应征地丁钱粮；其三，优恤河南高龄人，男女七十以上者，皆可享受。

第二，促进文化发展。在嵩阳书院题诗刻石，强调文治教化的作用，赞赏嵩阳书院在传播文化方面所起到的积极作用，在一定程度上有利于促进河南文化特别是民间文化的发展。

第三，整修文物古迹，丰富嵩山文化内涵。因乾隆帝巡祀嵩山，重点整修了少林寺、会善寺、嵩阳书院、中岳庙和游嵩道路，使这些珍贵文化遗产得到保护和传承。同时，乾隆帝还御制了很多文化实物，其内容涉及建筑、园林、礼制、金石、文学、档案等诸多方面，给嵩山增添了说不尽、道不完的人文话题。随着时光的流逝，这些珍贵文物的历史、艺术、文化、观赏价值愈发凸显，成为文旅不可或缺的内容。

还有乾隆帝御制《嵩阳汉柏图轴》《达摩面壁图轴》《染青石填金"御制登嵩山华盖峰歌"九松图山子》摆件等可移动文物保存于故宫博物院，不在嵩山，未在本文介绍。